宅飲み探偵のかごんま交友録

冨森　駿

JN049253

集英社文庫

KAGONMA

目次

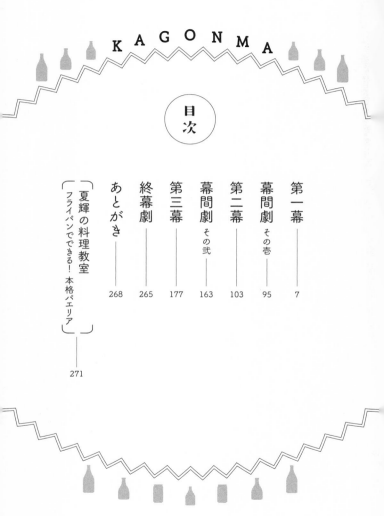

宅飲み探偵のかごんま交友録

第一幕

勇気を振り絞って「付き合って下さい」と言ったら、「ありえないことはない」と返された。告白の返事としてはあまりにも常軌を逸しているし、返し刀としてこれはあまりにもありえない。けれど、人間の性質なんて千差万別なのだから、やはりこういう女性が存在することもまあ「ありえないことはない」のだろう。だいたい、僕はあらゆる人脈を活用した情報収集の結果、先輩がおおよそ常識的尺度で測りきれない女性というのを想定できていた。女々しい詮索屋なのではない。僕こと小金井晴太《こがねいせいた》、二十歳は、負け戦が嫌いな性分なのである。

「またやってる」と冷徹な、あるいは「どうせ無理なんだから」と好奇な一瞥《いちべつ》を僕へと向けながら、学生が足早に過ぎ去っていく。確かに、一世一代の告白の場が、大学構内に植えられたフェニックスのたもとで、というのはいささか格好がつかないだろう。というか目立って仕方がなく、ともするとスタンドプレーと思われること請け合いだ。けれど、先輩は忙しい人で、多少なりとも強引に呼び止めでもしないと、気持ちを伝えるチャンスすら巡ってはこないのだ。

人の往来は激しく幾人もの視線とともに、春の陽気と呼ぶにはあまりに鋭い陽光が突き刺さり、背中にじわりと汗を浮かばせる。そこにいくらか冷や汗も混ざっていただろうけれど、その比率は判然としない。

努めて冷静を装い、僕は眉根ひとつ動かさない。もっとも、そんな僕の作られた平静なんかよりもよっぽど静穏に清田小春《きよたこはる》先輩は凜《りん》として屹立《きつりつ》していた。

「しかしだなあ、小金井三回生。私は君のことをまだよく知らんのだ」

さばさばとした男っぽい口調は淀《よど》みない。その語り口とは裏腹に、先輩の容貌は古風な美人といったところで、十二単《じゅうにひとえ》を着つけてそのまま雛壇《ひなだん》に鎮座ましましてもまったく違和感がないほどである。このギャップが男心を刺激し、求愛行動に出る者は後を絶たない。かくいう僕もその一人。

研究室を訪れた先輩に目を奪われたという月並みな理由からの行動だった。専攻分野が同じという奇跡的な偶然がもたらした運命的邂逅《かいこう》と言えた。それから、僕は夜な夜な寝床で輾転反側《てんてんはんそく》し、先輩のことを思い続ける傾慕の鬼となった。軽薄・不潔と侮蔑するなかれ。僕が魅《ひ》かれたのは、先輩の外面ばかりではない。

彼女の魅力を紳士淑女諸君に小一時間ほど説いてみても良いけれど、紙幅の都合で泣く泣く割愛したく思う。あしからず。

「では、僕はどうすればいいのでしょうか」

もってまわった迂遠《うえん》な言いまわしでやんわりといなされる。告白後のそういう展開は想定の範疇《はんちゅう》ではあったので、事前のシミュレーション通りにそう懇願する。先輩の尻を追いかける不埒《ふらち》な輩《やから》は多いが、その足跡はそのまま敗残の歴史でもある。僕の信用できる情報筋によると、なんでも彼女が恋仲となる対価として要求してくる無理難題にみな打ち破れてしまうのだとか。誰が言ったか、『清田家のかぐや姫』というのが、先輩の通り名である。なんだかお伽噺《とぎばなし》めいてきていることは否定しない。

ただ妙なのは、そういう噂《うわさ》はいくらでも耳にするのだが、肝心の無理難題そのものの実像が一向に見えてこないことだ。まさか「蓬萊《ほうらい》の玉の枝」とか「龍《りゅう》の首の珠《たま》」を持ってこいだなんてことはないだろう。だいいち、『竹取物語』はフィクションだ。先輩は実在する。

先輩は悩ましげな表情で「ううむ」と唸《うな》った。つい「艶っぽい!」と歓喜の咆哮《ほうこう》をしそうになり、慌てて口をつぐむ。昼下がりからそんなことをしてしまえば、もれなく変態確定である。

「小金井三回生、つかぬことを聞くが、君は車の免許を持っているか?」

「へ?」

あらゆる想定を念入りに練っていた僕でさえ頓狂な声を上げてしまうほどに、先輩の返答はエッジが効いていた。しかし、すぐさま体勢を立て直す。もとより、先輩を口説くなど艱難辛苦《かんなんしんく》の道である。これくらいでうろたえていては、お話にならない。

「持っています」

辛うじてそう答える。先輩はほっとしたような表情を作ると、今度は矢継ぎ早に質問を重ねてきた。

「サークルは？」

「無所属です」

もとより興味がなかった。

「アルバイトは？」

「週によってまちまちですが、融通は利きます」

事実だ。当座のしのぎにシフトを詰めることはあるが。

「実家暮らしか？」

「実家は福岡です。今は一人暮らしを」

独り身は辛《つら》いものだ。やはりひと肌は恋しい。

「自炊は？」

「男子厨房《ちゆうぼう》に立たずを地でいっています」

料理は得意なぞと格好をつけても仕様がない。嘘《うそ》は破綻すべくして破綻するものだ。

「交友関係は広い方か？」

「どちらかと言えば、そうだと思います」

この一カ月、先輩の周辺情報を探るため随分と無茶をして広げたものだ。

「なるほどな……」

事務的なやり取りが唐突に終わり、先輩は腕を組んだままなにやら逡巡《しゅんじゅん》し始めた。長考だ。僕から呼び止めたのに、いつのまにやら僕は主導権を先輩に譲渡してしまっていた。沈黙が重くのしかかる。大学構内の雑踏が急に気になり始めた。新歓コンパの勧誘に各サークルが躍起になっている時期で、かまびすしいことこの上ない。

もしかしたらダメなのかもしれない、僕はやっぱり恋仲になるには「ありえない」人間なのかもしれない、そんな絶望的な思いが黒い雲のように広がって、僕の心中から根こそぎ余裕を奪い取っていく。清田小春という女性は、男を値踏みするような人ではない。そんな人ではなく、この長考は、ただ真剣に僕という人間と向き合おうとしているだけなのだと答えは出ているはずだった。それでも、小心者の僕は震え上がるのだ。

大丈夫、敗残者たちの証言を信じろ。僕にも来るはずなのだ。告白の返答に代える条件の提示が。『清田家のかぐや姫』からの無理難題が。

先輩が不敵な笑みを浮かべた。

「条件がある」

ぴんと人差し指を突き立てる。瞬間、緊張が走った。本当にきた。恋に破れた男たちによって連綿と語られてきた言い伝えは本当だったのだ。口承伝聞も案外、あてになるじゃないか。

僕が目を見開いたのとほぼ同時に、まるでそれが呼び水になったかのように遠くで「どおん」という爆発音が響いた。もはや僕には聞きなれた轟音《ごうおん》である。僕は先輩の前だというのに思わず嫌な顔をしてしまった。なんとも間の悪い。

「いけない、急いで帰らないと」

先輩は慌てて何やらメモ帳に走り書きすると、ページを破いてそれを僕に押し付け、言うが早いか立ち去ってしまった。「とにかく、今日中にこの住所を訪ねてくれ！　話の続きはその経過報告も含め、また後日だ！」そう言い残して。ストレートの黒髪が翻り、鼻腔《びこう》をくすぐる残り香は、小春というその名の通り春の息吹を感じさせた。

僕は大きく嘆息し、もくもくと立ち昇る黒煙を睨《にら》み付けた。同じ黒色でも、こうも印象が変わってくるのか。これだから嫌なのだ。

なぜ、先輩は突如として帰らなければならなかったのか。こんなもの答えは決まりきっている。謎にもならない。さっさと種明かしをしてしまおう。

おおかた、先輩は洗濯物を取り込みに帰ったに違いない。天高く昇る黒煙と洗濯物になにか因果関係があるのかと問われれば、当然あると言うしかない。断っておくが、風が吹けば云々《うんぬん》という知的遊戯を仕掛けているわけではないのであしからず。

大学入学を機にこの地へやってきて三年目。最初こそ大自然の猛烈な力の大きさに畏怖の念を抱いたものの、慣れてしまえばなんということはない日常の風景である。対して先輩は関西の大学から当大学の修士課程に進学してきて一年目。迫り来る噴煙に対して部屋干しという処世術を有していないのは無理からぬ話だろう。

なんのことはない、桜島《さくらじま》が機嫌をそこねたのである。

◇

「あと一時間ってところだな」

僕は、先輩から託されたメモを大切に握りしめ、そうひとりごちた。今朝の降灰予報を参考に概算すると、桜島で起こった噴火で巻き上がった火山灰が、この鹿児島市内中心部に到達するラグはそんなところだ。

まったく、嫌な季節になったものである。桜島上空に吹く風向きは、季節によって変動する。春先から夏にかけて、その風は僕らが住む市内中心部へと向いているため、毎日のように降灰を気にしなければならないのだ。厄介きわまりない。

僕はキャップを深く被《かぶ》りなおした。髪を灰まみれにしたくなければ、これは必須アイテムである。まあ、そんな自然現象よりも厄介な人為的事象が僕の眼前には広がっているわけだけれど。

サークル宣伝用に木々に括《くく》りつけられた立て看板を横目に、一年生と上級生とのもみあいへしあいを押しのけて構内を突っ切る。使い古した靴の底がいたずらに擦り減っていくのが感覚で分かる。ひいていた汗が、熱気にあてられてまたぶり返してくる。講義と講義の間だというのによくやるものだ。この時期の恒例行事に辟易《へきえき》する。

我が大学はサークルの開設が自由で、申請書類さえ提出すれば誰でも新設が可能になっている。それゆえにその総数も年々増える一方なのであるが、それら諸サークル群の中には明確なヒエラルキーが存在する。各サークルは厳格に正規サークル、準サークル、非公式サークルと番付が割り振られ、正規サークルにはサークル費全額およびサークル棟の部室が与えられる。準サークルは一部費用の援助のみ。非公式サークルに至っては、それら全てが付与されない。放っておいたら自然淘汰《しぜんとうた》されていくという恐ろしいシステムがここにはある。

サークルの実績、所属人員数、歴史等の様々な事項が勘案され、番付は毎年更新されていく。正規サークルは己《おの》が牙城を守るために、それ以下のサークルは上級サークルへの昇格を目論《もくろ》んで、四月も終わりに近い今の時期は、新入生の奪い合いが構内各所で展開されるのである。上級生の目は、無垢《むく》な一年生をどうやって拐《かどわ》かそうかと終始ギラついていておっかないことおっかないこと。

僕は、一年生の頃、このある意味で完成されたシステムに恐怖し、サークルに所属することを早々に諦めてしまった。それが奏功して、わりに自由気ままで平穏無事な大学生活を送れていることは確かだ。しかし同時に、どこか物足りなさを覚えているのも事実である。平穏無事と平々凡々は近似している。もしかすると、ろくすっぽ会話も交わしていない先輩に告白するなんて無茶をやってしまったのは、そんな生活に刺激を求めたからなのかもしれない。

いずれにせよ、人は人、我は我。四年間という膨大な時間を空費する方法は人それぞれであろう。そこに文句を言っても仕方がない。それに、現今の僕にはやるべきことがある。

先輩の書き残した住所は、唐湊《とそ》を示していた。大学からほど近い立地条件にあるため、我が大学の学生も多く住んでいるし、学生寮もここにあったはずだ。学生ライダーの間では、夜毎《よごと》に無茶な運転をする輩を目視したネズミ取りが、サイレンの音を響かせる要注意地区としても有名である。

農学部所有の広大な農園を抜けてようやく構内の喧騒《けんそう》から抜け出せた。

桜島からは方角的に背を向けている格好なので、ひと時の間、あの憂鬱な黒煙を拝まずに済む。代わりに視界に広がるのは、ふわふわとした綿雲と抜けるような青い南国の空である。夏になると照り付ける日差しとセミの大合唱で、さらに南国然とした雰囲気になってくるが、それはもう少し先の話だ。鹿児島の春は短い。今のうちに、心地よい風がそよぐ、この雰囲気に酔っておこう。僕は気持ちを高ぶらせる意味でも、胸をはってみせた。どんな艱難辛苦も無理難題も多事多難も、この小金井晴太が迎え撃って進ぜよう。

誰に向けてかも分からないがひどく勇み立った足取りで目線を落とすと、ちょうど、市内中心部を真一文字に貫く路面電車が一両、単調な音を奏でながらゆったりと通り過ぎていった。角張ったフォルムが無骨で良い。車内は帰路につく学生でごった返している。料金はどこまで乗っても一律百七十円。市民生活には欠かせないが、今日は乗車の必要もなさそうだ。目指す場所は、路面電車の軌道を越え、さらに鉄道の線路を越えた先にある。

線路を越える方法はいくつかあるが、今日は跨線橋《こせんきょう》を選択した。理由は特にない。強いて言うなら、なんでも良いから、己が自尊心の安定を図るために高いところから風景を見下ろしたかったのかもしれない。男とは時に幼稚な行動原理を発現させる生き物である。

跨線橋を上ってみれば、遠方にシラス台地の緩やかな斜面に立ち並ぶ住宅街を臨むことができる。町名は紫原《むらさきばる》。春先は桜の名所としても名高い。「桜通り」のソメイヨシノなどは圧巻である。なぜ、こんなに詳しいかというと単純な話で、自動車学校の教習コースだったのだ。教官がやたらと厳しく、あの頃は景観を楽しむどころではなかったのだけれど。

線路を越えてから河川沿いをしばらく歩いてみると、割合すぐに目的地を見つけることができた。クリーム色をしたアパートが唐突に現れたのだ。一階から四階に三部屋ずつ、最上階には二部屋を構えたこぢんまりとした印象の五階建てのアパート。自転車置き場の真横に設置されたゴミ捨て場は種々雑多なゴミ袋で溢《あふ》れかえっており、いかにも時間と分別にルーズな学生が多く住んでいそうな佇《たたず》まいだ。メモは、このアパートの最上階にある一室を示している。

バックパックがずれてきたので背負いなおす。今春から大学への荷物がぐっと減り、軽くて良いと思っていたが、その弊害が思わぬところに出た格好だ。これはこれで、けっこう煩わしいものである。

しかし、先輩はいったい僕に何をさせたいのだろうか。遅れてやってきた疑問が、階段を上る足を鈍らせる。学生アパートの部屋を訪ねさせるということは、そこの住人に会ってくれということで間違いないだろう。まさか、そこが実は先輩の部屋で、同棲《どうせい》しましょうよという遠回しなお誘いだっただなんてことはあるまい。そうだったら、どんなに幸せかしれないけれど。ただ、鼻の下を伸ばして頭がお花畑になった男の末路がどんなものかは、歴史が証明している。賢者は歴史に学ぶのだ。その可能性は捨てて良い。

男か、女か。いや、先輩のご両親という可能性も……。しかし、これも却下だ。僕は大きくかぶりを振った。先輩のご実家はたいそうな素封家との噂だ。わざわざ安さが売りの学生アパートに住居を構える必要性はない。

結局、答えは出ないまま、僕は鉄扉の前に立ってしまっていた。ドアポストにはチラシや新聞の類は突っ込まれていない。隣の住人のポストにはそれらが容赦なく差し込まれて氾濫しているところを見るに、やはりこの部屋は空き家ではない。おまけに、マメな性格の人間が住んでいると推察できる。

ええい、ままよ。呼び鈴に手を伸ばす。薄い扉の向こう側でチャイムが反響した。反応がない。留守なのだろうか。確認のために、今度は連続で呼び鈴を押してみる。やはり、この家の主《あるじ》は出てこない。

「すみませーん」

ドア越しに部屋の中へ呼びかける。とにかくも、僕は先輩に試されているわけだから、何の成果もなしに逃げ帰るわけにはいかないのだ。

「清田先輩の紹介で来たんですが」

続いて目的も手短に告げる。学生の多くは、アポイントメントのない客の来訪をセールスや勧誘だと確信して居留守を決め込むものだ。警戒は解いておく必要がある。それにしても、なんだか掛かりつけの医者に大学病院を斡旋《あっせん》してもらった時のような不思議な問いかけになってしまったことは否定しない。

「入るならさっさと入れ!!」

突如として、乱暴な声が飛んできたので、僕は古き良き昭和のコントよろしく腰を抜かしそうになった。まあ実際は気持ちへっぴり腰になった程度だったのだけれど。昼下がりに一人でリアクションをとって尻餅をついている男など誰の目を介しても変態である。聡明《そうめい》なること天璋院篤姫《てんしょういんあつひめ》のごとき紳士淑女諸君は、では夜なら問題はないのかと仰《おっしゃ》られるかもしれないが、夜ならば問題ないのだ。学生の住む町においては、酒の魔力に打ち破れて奇人変人へと変態する輩は、毎夜の如《ごと》く出現するものである。いちいちそれら有象無象に構っていては、夜の騎射場通《きしゃばどお》りを、あるいは天文館《てんもんかん》を歩けはしない。

「さっさと入れと言っているのが聞こえねえのか!」

苛立《いらだ》った男の声が再び飛んできた。

いけない、家の主を無視したままだった。考え事をしているとつい視野が狭くなるのは僕の悪癖だ。「すみません、お邪魔させていただきます」と最低限、礼儀は通したうえでドアノブに手を掛ける。

さあて、鬼が出るか蛇が出るか……。ドアを開けてまず飛び出してきたのは、もくもくとした煙と熱気だった。

「うわ！」

思わず後ずさる。まさか火事か？　と慌てたものの焦げ臭さは感じない。いや、むしろ良い香りだ。かといってお香の類ではない。食材が発するものだ。食欲をそそる、ちょうどブイヨンの香りをさらに濃くしたような。

そういえば、今日は昼を抜いたんだっけ。意識したせいで腹が情けない音を立てた。

こもっていた湯気が部屋から解放され、徐々に視界が開けてくる。部屋の全貌が明らかになったのとほぼ同時に、この家の主が僕の目に飛び込んできた。

僕の視線の移動を追いながら、見たものを忌憚《きたん》なく叙述しよう。まず、玄関先にはキッチンがある。そこには寸胴《ずんどう》が二つ火にかけられぐつぐつとたぎっている様子。美味《うま》そうな匂いの正体はここにあるようだ。部屋のつくりはワンルームで平均よりはやや広め。ワンルームなので、玄関と部屋との間に仕切りは存在しない。ゆえに部屋の様子は玄関から一望できる。視線を部屋の奥へと向ける。そこにこの部屋の主の正体があった。

僕の眼前には、黙々と腕立て伏せを繰り返す汗だくのマッチョの姿があった。もう一度、言おう。僕の眼前には、黙々と腕立て伏せを繰り返す汗だくのマッチョの姿があった。たぶんだけれど、江戸の人々が初めて浦賀《うらが》に来航したペリーを見た時と同種の感情が僕の中に芽生えていた。衝撃がグラデーションで恐怖へと変わりつつあった。なんだ、この状況は。

寸胴二つがたぎる中、僕は玄関先でマッチョのストイックな筋トレを見せつけられている。先輩にアタックするにあたり、どんな艱難辛苦にも耐えぬいてみせようと決めていたけれど、これはちょっと毛色が違いすぎるのではないだろうか。

男は僕の方など一顧だにせず、乱暴にこう言った。

「ちょっと待ってろ、このセットが終わってからだ」

「あ、はい」

そう答えるのが精いっぱいだった。その時、僕は遠目にも分かるパンパンに隆起した男の太い二の腕に意識がいっており、一瞬、筋肉と対話しているかのような感覚に陥ってしまったのだ。なんという体躯《たいく》だろう。僕は思わずきょろきょろと部屋を見回してほうれん草の缶詰を探した。当然、見つからなかったけれど。

男は、茫然《ぼうぜん》自失の僕を放っておいたまま、また見たこともない速さで体を上下に動かし始めた。一定の間隔で体が沈み、また持ち上がる。汗は滝のように男の体を流れ、見ているこっちまで疲れてしまう。普段からやりなれているのだろうか、ハードなトレーニングに比して、男の息遣いは軽く、乱れる様子もない。

時間にすればものの五分といったところだったが、僕にはこの待ち時間が永遠にも感じられた。行き過ぎたシュールが収束していくのをただ待ちもうけるのみだった。

やがて、男の動きが止まった。そして、初めて僕と視線を合わせると、それを外すことなく玄関へとやってきた。間近で見ると、さらに圧迫感が増す。身長は優に一八〇センチは超えている。石壁がこちらにせり出してきたみたいだ。

ただ、ボディビルダーを彷彿《ほうふつ》とさせるかといったら、そうでもない。理由はいくつかあるが、まずそのきめの細かい白皙《はくせき》が挙げられる。また、その体のわりに小顔である。よく見ると短髪が似合う爽やかな顔をしていて……。

「なにジロジロ見てんだ、気色の悪い」

男は眉根を寄せて凄《すご》んだ。粗暴な物言いは彼の平常運転らしい。

「あ、いやすみません。僕、小金井晴太と言います。清田小春先輩にここを訪ねるよう言われまして、ですから、その……」

そこで口を止めた。この男の名前が分からないのだ。表札もかかっていなかったし、参ったな。僕がもじもじしていると、機微を察したのか、男は「俺は、夏輝《なつき》だ」とだけ言った。なぜ苗字《みようじ》を名乗らないのか、いささか判然としなかった。でも、まあいいか。不遜は不遜だが、話は通じる相手のようだ。

「夏輝さん、僕は先輩にあなたを訪ねるように言われて、それきりなんです。何かわかることがあれば教えていただけますか？」

夏輝と名乗る男は、顔をくしゃりとして難渋な表情を浮かべた。そして、大きく舌打ちをした。

「そういうことか。小春のやつ、また余計なことを……。ああ、それとお前。さんなんて付ける必要ねえよ。夏輝でいい。同級生なんだからな」

瞬間、僕は二つの衝撃から慄然とした。玄関口で何度驚けば気が済むのだろうか。

第一に、夏輝と名乗るこの男が、清田先輩と親しげな雰囲気を醸し出していること。仮に知人レベルであれば、憎まれ口が出てくることはないだろう。だいたい「小春」なんて呼称を平然と使うなんて、少なくても僕には無理だ。僕は夏輝と名乗るこの男に、精神的敗北を喫していた。

僕と同級生ということは三年生。学年で見ても、清田先輩が彼にとっても先輩にあたることは当然だ。そうなると……。最悪の可能性が浮かび上がってきた。つまり、僕は、もしかすると先輩の姦計《かんけい》にハメられたのではないか。直接告白に断りを入れるのではなく、ねんごろな関係にある男に会わせることで現実を見せる。男たちは全てを察して身を引くしかない。恋する男たちの敗残の歴史は、かくのごとくして作り上げられたのではあるまいか。だが、そんなの考えたくもないことだった。

第二に、彼が僕と同級生であることを言い当てたということ。事前に先輩から彼へ僕の情報がいっていないことは、先の発言からしても自明である。では、彼はどうやって同級生であることを推定したのか。

第一の衝撃について深く追究してしまうと、僕の自我は即座に量子崩壊を引き起こしかねないため、第二の衝撃について検討することにした。そうだ、それがいい。

「どうして、僕が夏輝くんと同級生だってことが分かったんだい？」

「夏輝でいい。二度、言わすな」

そう言った後で、夏輝は腕組みして僕の頭から爪先までをねめまわすように見た。

「情報を整理すれば、可能性は絞れるだろ。他にも分かるぞ。お前、おそらく文学部だろ」

三度《みたび》の衝撃である。正解だった。

当然、僕は彼と初対面である。ということは、彼が同学部の学生である可能性は低く、文学部所有の学部棟で僕を見かけたことを覚えていたからなんて月並みな理由は通用しない。やはり、この男、僕を観察して学年と所属学部を言い当てたのである。

「いや、驚いた。うちの大学は学部も多いから絞り込むのは容易じゃないはずなのに」

文学部、経済学部、法学部、教育学部、理学部、薬学部、工学部、農学部、獣医学部、水産学部、医学部。確率にして十一分の一だ。およそ九パーセント。天性のギャンブラーでもない限り、直感で的中させるにはあまりに低い数字である。

夏輝は何を当たり前のことをとでも言いたげに、巨軀に比してアンバランスな小顔にすました表情を浮かべている。

「大した推理力だよ」

僕はそう付け加えた。これは本心だった。まかり間違っても、先輩と少なくとも懇意な間柄であろう夏輝にゴマをすっておこうなんてさもしい考えは皆無である。おそらく、たぶん、きっと。

「推理ってほどのものでもねえよ。たんに消去法で確率が高そうなのを選んだだけだ。当て推量にちょっと毛が生えた程度だろうよ。まず、それ。お前の被っているその帽子」

言うが早いか太い腕先がぬっとキャップに伸びてきた。

「これで何が分かるんだい？」

「キャップを被っているということは、ヘルメットは被っていないということだ。移動手段から原付とバイクが外される。お前は歩きか、でなければ自転車でここまで来たことがこの時点で確定する。車という可能性もなくはないが、この界隈《かいわい》は月極《つきぎ》め駐車場ばかりだからな。そもそも学生身分で車持ちなんて、ごくごく少数だ。また、その靴底の減りようを見れば、自転車の可能性も捨てて良いだろう。そう仮定すると、二つの学部が除外される」

なるほど、そうかと合点がいった。

「水産学部と医学部だね？」

夏輝は「うむ」と首肯した。我が大学の水産学部と医学部は、それぞれ独立した場所にキャンパスを構えている。いずれも唐湊からは反対方向に位置しているため、これを歩いて移動するとなると相当な距離になるわけだ。

「ま、お前がずんぐりむっくりならダイエット目的であえてという可能性もあったが、それもなさそうだしな」

確かに僕は、人からよく痩せぎすだと言われる方だ。大きなお世話である。

それにしても。大した洞察力だと僕は素直に感心した。けれども、僕もいっぱしの男だ。やられっぱなしは癪《しゃく》なので、少し意地の悪いことをしてみる。

「バスや路面電車という可能性はないかい？」

ただ、これで彼の気勢が揺らぐこともなかった。彼はぺろりと唇を舐《な》めた。

「お前が三年生であることは仮定済みだったから、それでいくと時間が合わないだろう。今現在の時刻は四時限目の講義が終わった直後。時間で言えば十六時半だ。公共交通機関を使うなら、四時限目が終わって乗り込んでからでは遅いし、だとすれば遅くとも三限終わりに乗ったことになる。三年前期で授業を詰めていない無計画な学生なんて、水産学部にも医学部にもほとんどいないはずだと考えたまでだ」

「な、なるほど……」

頭の中を整理するので精いっぱいだ。彼はのべつ幕なしで、まくし立ててくる。しかも、流れるように。まるで、反論はこれが終わってからにしろと言っているみたいに。

「同じ理由で、他の理系学部も除外した。理系学部は授業時間外での稼働がとにかく多いし、授業スケジュールもタイトだからな。この時間帯での来訪は薄いと見た。それで残った可能性は教育学部、文学部、法学部、経済学部になるわけだが、教育学部もこの時点で外した。あそこは単位が順調ならば複数の教員免許が取得可能だ。真面目な学生はそこを目指して授業を詰め込むだろうし、成績が低調な者もやはり授業を詰め込まざるをえない。資格にかかわる授業が多いから、毎度、課されるノルマも多い。どこかに出向こうにも、ちょっと今日の復習をしてから、となるのが普通の感覚だろう。ましてや、今は新学期が始まって間もない四月だからな。これで可能性は三つに絞れるが……」

夏輝の視線が今度は僕の背中の方に向いていた。

「そうなると、その中身の軽そうなバックパックが決め手になる。中身が少ないということは、講義の大半がレジュメを使用したものである可能性が高い。法学部であれば、それに併せて参考書も必携だろうから、その身軽さはありえないとみた。その点、文学部はそもそも参照資料が多すぎて携帯が困難だからな。大学図書館や研究室に入り浸って学習するスタイルが一般的だ」

「待った、待った。それじゃ経済学部を消去できていないじゃないか」

僕は慌てて横槍《よこやり》を入れた。しかしながら、相変わらず夏輝は反論に対してにべもない。

彼は即応した。

「俺がその経済学部生。そして、俺は学部棟でも専門の講義でも、お前の姿を見たことはない。ということで、お前が経済学部所属であることはありえない。以上、証明終わり」

「三年生だと言い当てたのは？」

「それはもっとも平易な問いだな。一年生は今頃、上級生たちのサークル勧誘に捕まっている頃だろうから除外。二年生はまだ専門教育も始まっていない段階。大学図書館や研究室に入り浸るほどの難度の講義は少ない。よって授業ごとに教科書や参考書を指定されることが多く、時間割もほとんど隙間なく埋めているはずだから、バックパックが膨れていないとおかしい。そして残った四年生は……。まあさすがにこれはお前にも分かるな？」

「……就職活動の真っ最中」

「正解だ」

タンクトップのよく似合う巨体のマッチョは、長々とした推理演説を不敵な笑みとともに締めくくった。

途中で気付いたのだけれど、どうも夏輝は何かを語ったり説明したりするときには、その毒気が多少緩和されるようだ。ため込んだ己が思考を、ダムの水を放流するみたいに一気に解き放つから、情緒が論理の間隙を縫う余裕がないのだろう。こちらとしても、それは助かった。なにせ情報量が多いから、余計なノイズはない方が良い。

意外に良い奴《やつ》なのかもしれない。僕の中で夏輝の印象は変容しつつあった。

「おい、すっかり話し込んだせいで筋肉が冷え切っちまったじゃねえか。どうしてくれんだよ、これじゃラスト一セットがこなせないぞ」

……印象は変容しつつあった。

「あーあー、呼んでもねえのに突然やってくるんだもんなー。ちくしょう。そうだ、プロテインを飲んどかねえと」

……へ、変容しつつあった。

「で、お前、いつまで玄関先で突っ立ってんの？」

変容しつつ……。

いやいや、ダメダメ。前言撤回！　なんて無礼千万な野郎なんだ。

「だから清田先輩に頼まれて来ただけなんだってば！　僕は!!」

景気よくプロテインを呷《あお》る夏輝にがなり立てた。夏輝は僕の方を見てはいるものの、喉を鳴らして美味そうにプロテインを飲み続けている。悲しいかな、声質の細い僕の叫びなど、いくら凄みを利かせたところで子犬が威嚇する程度の効果しかないのだ。

一息に飲みほした後で、夏輝は湯気の立つ寸胴の中身を検《あらた》めるような仕草をすると、何の脈絡もなくとんでもないことを言い出した。

「あ、そういえばあったあった。お前に頼みたいことがあったんだ」

狭いデコをピシャリと打つ。なんとも取ってつけたような芝居がかった調子が気になって仕方ない。

「頼み？」

「そう、頼み。買い物に行ってきてくれや」

「はあ？」

何を言ってるんだ、この男は。

「しょうがねえだろ、俺は火を見てんだから。このまま外出するわけにもいかない。そんなところにお前が来た。グッドタイミング。頼まない方が阿呆《あほ》だろ」

絶対、後付けの理由だ。僕はそう確信した。

汗だくの夏輝は、たぶんこれからシャワーを浴びるのだろう。そうすると、先ほどの噴火による降灰がそろそろ始まる頃だから、単に外出したくないのだ。そうに決まってる。

「消してから行って来ればいいだろ」

「冷めちまうだろうが」

夏輝は何を当たり前のことをとでも言いたげである。僕の意向を微塵《みじん》も解さない夏輝の態度に、僕は桜島の活火山の如く怒り心頭に発した。何が悲しくて、初対面のマッチョの買い物を代わりにこなさなければならないのか。

「知らなかったよ、僕が家政婦だったなんて」

控えめに毒づいてから肩をすくめる。ううむ、やっぱり僕にアメリカンスタイルのアイロニーは似合わないな。夏輝は僕の反論には聞く耳を持たず、さっさと話を進めてしまう。メモ帳に何やら走り書きして、それを破ると僕に押し付けた。あまりの身勝手さに呆《ほう》けていると、さらに彼はお札と鍵を託してきた。

「これ、買い出しのリスト。あと、これは代金だ。高級志向でなけりゃ一万円で事足りるはずだ。それと、お前の体格じゃ、それ全部を運ぶのはしんどいだろうから特別に車を貸してやる。免許は持ってるか？」

僕は眼前の大男に対する怒りをなんとかして鎮めようと、清田小春と心の中で五度唱えた。最近の子どもはキレやすくなったと、ここ数十年の間、言われ続けているけれど、清田先輩はその長年の議論に終止符を打ち得る存在だろうと僕は確信した。さあ、みんなも唱えよう、清田小春と！

「どうした？　ニヤニヤして。気色悪いな」

夏輝が変態を見る目で僕を覗《のぞ》き込んでいた。いけない、つい相好を崩して傾慕の鬼の顔を出してしまった。あれは世に出せない。あんな気味の悪い顔は、夜中の自宅だから許されているだけの話なのだから。

しかし、おかげですっかり落ち着けた。先輩は別れ際に、話の続きは今日の経過報告も含めて後日にといった旨の言葉を残していた。怒り狂い、夏輝に鍵とメモと一万円を投げつけ、踵《きびす》を返すことはたやすい。けれど、それでは何も進展していないことになり、したがって先輩への経過報告がひどく薄いものとなってしまう。

従うだけ従ってしまおう。どうせ、今日は暇だったのだ。

「オーケー、わかったよ。買い出しに行ってくればいいんだね。車だけど、ありがたく貸してもらうよ。駐車場の場所だけ教えてくれるかな?」

「おい、どうした急に。えらく素直になっちまって」

僕の豹変《ひょうへん》ぶりに夏輝は猜疑心《さいぎしん》をぬぐえない様子だった。不承不承でもなく意気揚々と買い物へ繰り出そうとする僕の背中に向かって、

「言っておくが、とんずらこいたってすぐに捕まえてやるからな!」

なんて失礼な言葉をぶつけてきたけれど、これも先輩のためと思えば不思議と怒りの炎が消えていった。

くるくると鍵を回しながら階段を降りていると、目にごろごろしたような異物感を覚えた。火山灰のご到着である。

「車、借りておいて良かったな」

僕は心からそう思った。唯一、懸案事項があるとすれば、ゴリゴリのペーパードライバーである僕のおぼつかない運転技術ぐらいのものである。まあ、なんとかなるだろう。

◇

まあ、なんとかなった。小回りの利く軽自動車だったのも幸いした格好で、法定速度もしっかり守って目的地に到着することができた。しかし、なんということか。大学帰りの学生、定時で上がったサラリーマン、そして夕食の買い出しに訪れた主婦の皆々様が一堂に会する時間とバッティングしてしまったのだ。広大な駐車スペースも満車一歩手前というありさまであり、ドライビングテクニックの乏しい僕は、奥へ奥へと流されてしまい、結局、搬入口にほど近い駐車スペースへと車を滑り込ませる羽目になった。果たして、ここがお客様駐車場なのか、業者用のスペースなのかがいささか判然としなかったが、どう見ても他に駐車可能な場所はなく、ここに決めるほかなかった。駐車の際、何度も切り返しをしてしまったのはご愛嬌《あいきよう》だ。

灰の降りしきる中での走行だったので、既にして白いボディ全体に砂埃《すなぼこり》をまぶしたようになってしまっている。無理に払おうとすると、細かい粒がちょうどサンドペーパーのような役割を担って車体を傷つけてしまうため放置するしかない。道中見たどの車もそんな状態らしく、降りしきる灰を静かに受け続けていた。

だいたい車の洗車なんて月二回もすれば上等な方だと思うけれど、鹿児島の場合はそうはいかない。ガソリンスタンドの洗車スペースに車列が連なることなどザラである。何か有効な灰の活用法があれば良いのだが、今のところ缶に詰めて観光客に売りつけるというアコギな方法しか捻《ひね》り出せていないのが現状だ。

まあ、慣れてしまえばどうということはないのだけれど。沖縄で言うところのスコール、北国で言うところの雪みたいなものだ。火山帯にあるため、ちょっと歩けばそこら中に温泉が点在している。悪いことばかりでもない。住めば都とはよくいったものである。

扉を開け、外に出る。ほのかな硫黄の香りが鼻をついた。

電車通り沿いには、その交通便の良さからスーパーも多く店を構えている。各店舗ごとに特徴はあると思うのだけれど、自炊をしない僕にとってはどれも似たり寄ったりで特段のこだわりもない。そういうわけで、僕が選んだのは業務用商品も多数取り扱う大型のスーパーだった。大は小を兼ねるというわけだ。また、駐車スペースがひらけていて、ペーパードライバーの僕にも易しい構造であるのも一因だった。まあ、結果として混雑に巻き込まれ、ひやひやしながらの走行となってしまったのだけれど。

時刻は夕方の五時を回ったところ。客足が一気に増えるピークの時間で、搬入作業をしている様子は皆無だ。その代わり、搬入口隣の通用路と思《おぼ》しき細道から、忙《せわ》しない様子でエプロン姿の従業員が駆けだしている。休憩所か更衣室かなんかがあるのかしら。出入り口のフェンスは開け放たれており、南京錠がぶら下がったままにされていた。

思いのほか遠ざかってしまったスーパーの入り口を目指す。

ようやく日差しも弱まってきた頃合いで、店先にはおそらく学生のものと思しき大量の自転車が駐《と》まっている。客が忙しなく出ては入ってを繰り返し、大した繁盛ぶりといえた。僕もその群像の一人となって店内に身を投じる。

さてと。入店直後からかまびすしくセール品の告知をリフレインする放送を聞き流しながら、とりあえずといった感じで買い物カゴをとって夏輝からのメモを取り出す。

見た目に反してなかなか達筆な字で走り書きされている。

【不足食材リスト】
アカエビ（有頭）
スカンピ（なければバナメイエビでも可）
ブラックタイガー
イカ（できればヤリイカまるごと）
ムール貝

赤ピーマン（なければ赤パプリカでも可）
トマト
ホワイトマッシュルーム
ホールトマト
バケット
生ハム
白ワインビネガー
パプリカパウダー
……etc.

長々と書き記された一覧とだだっ広い店内を交互に見比べる。さて、どうしたものか。何がどこにあるのか見当がつかない。僕は自分の生活力の無さに絶句した。そもそもリストに書かれているもので正体不明のものも多い。ブラックタイガーってなんだ。日本にトラを食す文化なんてないぞ。赤ピーマンと赤パプリカって同じものじゃないのか。白ワインビネガーってなんだ。酒なのかお酢なのかはっきりしろ。

とまあ、こんな具合だ。大は小を兼ねるでこの大型スーパーを選んだが、それは間違いだったことに気付いた。この商品の山から、夏輝の指定した食材を見つけるなど、僕にとっては至難の業だ。

怯懦《きょうだ》の風に吹かれて、社会派の刑事よろしくリストと商品を一つ一つ照らし合わせ足で稼ぐしかないのかと青果コーナーの前で悲壮なる決意をした折、背後から声を掛けられた。

「あの、お客様。お困りですか？」

振り返ると、そこにはスラリと背の高い爽やかな青年が立っていた。臙脂《えんじ》のエプロンがよく似合っていて、縁の細い眼鏡は知性を感じさせる。

「よっぽど困って見えたみたいですね」

僕は照れ隠しに苦笑して見せた。大人びたその青年の名札には【岸本大輔《きしもとだいすけ》】と記されていた。名前の横に若葉マークが付いているから入って間もないのだろうけれど、そうは見えないしっかりとした雰囲気が彼にはあった。一年生かしら。僕は親しみを込めて彼を心の中で岸本くんと呼ぶことに決めた。

「商品がどこにあるか分からないんですね？」

岸本くんは僕のメモを一瞥すると、そう言った。なかなかどうして察しも早い。

「実はそうなんです。買い出しに来たんですけど、恥ずかしながら自炊をしないものでさっぱりでして」

岸本くんから話しかけてくれたおかげで、気恥ずかしさもいくらか緩和されていた。

僕はメモを手渡す。

「なるほど。もしかして新歓コンパの買い出しとか……」

そこで彼は口を止めた。「ではないみたいですね」

リストの食材からそう判断したようだ。よく分かるなと僕は彼の想像力に感服するばかりだった。

「差し支えなければ、ご案内しますよ」

岸本くんがそう言うので、僕は地獄に仏とばかりエスコートをお願いした。怯懦の風はどこかへ消え去り、さながら岸本の威を借る小金井である。

まだ新人さんだというのに岸本くんの足は迷いがない。売り場から売り場へ、ぽんぽんと目的の品を僕へと手渡していく。

「アカエビはあります。ですが、スカンピ、テナガエビのことですね、これは取り扱っていないんですよ。申し訳ありません。ああ、ブラックタイガーはエビのことですよ」

「あ、ムール貝もありませんね。どうしましょう、差し支えはありませんか？」

「赤ピーマンと赤パプリカは両方とも取り揃《そろ》えておりますが、どちらにいたしましょうか？」

テキパキとした対応と最終決定は僕にゆだねるという腰の低い接客ぶりに、僕はすぐに彼の虜《とりこ》になってしまっていた。我ながら単純だとは思う。まあ、彼の問いに対して、僕は至極曖昧な返事しかできなかったわけだけれど。なにせ、数十分前までブラックタイガーをインドネシア産のトラの切り身か何かだと半ば本気で思っていた僕である。ろくすっぽ産地も値段も確認せず、ほいほいと買い物カゴへと放り込んでいく。断っておくが、僕は押し売りに弱いのではない。人のお金を使った買い物で、少しばかり気が大きくなっていただけなのだ。

ムール貝やスカンピなど手に入らない食材も一部あったが、岸本くんのおかげであっという間に買い物カゴは満杯になった。か細い腕にずしりと食材の重みがのしかかる。

「本当にありがとう、おかげで助かったよ」

道中、岸本くんが僕の見込み通り大学一年生であることが分かったので、対面時よりはフランクに、しかし心を込めて礼を言う。

「いえいえ。また機会がありましたら是非とも当店をご利用くださいませ、先輩」

岸本くんは微笑すると、颯爽《さっそう》と翻ってレトルト食品のコーナーへと消えていった。

ありゃ相当モテるな、とモテもせず挙げ句の果てに何を血迷ったか、ほとんど面識のない年上女性に告白するという身の程知らずをやらかしたばかりの上級生は思った。

ともあれ、岸本くんの助太刀のおかげで喫緊の懸案は過ぎ去っていった。あんまり時間をかけすぎたら夏輝になんと言われるか分かったものではない。しかし、彼はこの大量の食材をどうするつもりなのだろうか。てっきり僕はプロテインを一ダースとか無茶な買い物をさせるつもりなのかと思っていたのだが。

　思い出してみるとムカムカがまたぶり返してきたので、清田小春と心の中で五度唱えた。そして、自分の苛立ちが、他人のための買い物に一人で汗を流してしまっている徒労感のせいだということにはたと気付いた。そうだ、この際だから自分の買い物も済ませてしまおう。カートに買い物カゴを乗せて、迷わずお酒のコーナーを目指す。

　特段に強いわけではないのだが、僕は酒に目がない。外に出ることはなく、自宅でひっそりと晩酌する程度なのだけれど。なにせ、この地で一人飲みをしようものなら気前の良いおじさん方が芋焼酎を奢《おご》ってくれて引くに引けない状況になることがままある。人情に甘えてついつい飲みすぎてしまうため、肝機能の維持のためにも街に繰り出すのはほどほどに自制しているのである。

　自宅のストックがなくなってきていたので、缶ビール六本と五合瓶の芋焼酎をカゴに放り込んだ。もちろん、これは自分の財布から出す。僕は他人の金をちょろまかすほど堕《お》ちてはいないのだ。

　混雑するレジで会計を済ませ、後から何を言われるか分からないのでしっかりとレシートも受け取った。

　ここからがちと大変だ。袋詰めの作業が出てくる。この作業はどうも苦手である。

　種々の食材と睨めっこをしていると「お客様、どうかされましたか」と声をかけられた。女性の声だ。本当に、なんて気配りの行き届いたお店だろうと感動しながら振り返ると、そこには見知った顔があった。

「なんだ、君かあ。店員さんかと思ったよ」

明るい短髪で活動的な服装。ボーイッシュな佇まいで笑顔が絶えない天真爛漫《てんしんらんまん》な同級生、それが西牟田亜子《にしむたあこ》という女性を端的に形容する言葉たちである。

「失礼しちゃうわね、私も立派な店員なんですけど」

西牟田さんはそう言うと、ほっぺたをぷくっと膨らませた。しかし、ミリタリージャケットを羽織った彼女のスタイリングは、どう考えても店員のそれとは思えない。少し考えてなるほどそうかと合点がいった。

「今、あがったってことか」

「イグザクトリー」

彼女はにっこりと笑って正解を告げた。コロコロ変わる表情は見ていて楽しい。そういえばスーパーでバイトしていると以前、聞いた覚えがあったな。ここだったのか。

「それで？　〝かぐやさん〟の件はどうなったのよ」

言いながら彼女はレジ袋をとり商品を詰め始めた。確か、聞いた話ではレジ担当だったらしいけれど、そのわりにはゆっくりとした動作である。わざとだろう。自分の振った話題への返答を待っているのだ。

周りを確認する。このスーパーは袋詰めのスペースも広く、まだ空いているスポットもポツポツとある。ながら作業で、多少の雑談も許される雰囲気だったので口を切った。

「結果から言えばハッピーエンドとバッドエンドの中間ってところ」

「噂通りってわけね」

西牟田さんの赤ピーマンを持つ手が止まり、彼女は天を仰いだ。

彼女とは一年生の頃からの学友だ。講義で一緒になることが多く、異性に対しても壁を作らない性格から、会えば談笑するくらいに仲は良い。たまたまゼミも同じ所属になったのだけれど、これも何かの啓示だと思い切って清田先輩のことを相談した。ぶっちゃけて言うと、僕が情報収集のために交友関係をずんずんと広げられたのは、彼女の助けによるところが大きい。

他人のために親身に献身できる人は本当に素晴らしいと思う。できれば良い報告をしたかったけど、それは叶《かな》わなかった。

「まあ、ここからが勝負だよね。なんとか振り向かせなさいな」

彼女は迷いながら、僕にそう声をかけた。励ましというよりはエールに近いのだろう。こくりと頷《うなず》いて、ありがたく頂戴することにした。

「お、西牟田さん。着替え終わってもまだ残業かい？」

男性の声がしたので、反射的に振り向いた。今日は背後から声をかけられることが多い。

「あ！　木佐貫《きさぬき》さんお疲れ様です」

西牟田さんのトーンが一転してハキハキした営業用に変わったので声の主を観察せずともその正体は容易に想像できた。もみあげのあたりまでサッパリと刈り込んだ中年の男性店員が立っている。社員さんだろう。

「君もスミに置けないねえ。仕事場に彼氏連れてくるなんて。若いなあ」

僕と交互に見比べながら木佐貫と呼ばれた男性店員はいたずらっぽく笑った。鹿児島特有の柔らかな訛《なま》りがあるので、地元のご出身だろう。

「やだなあ、違いますよ。友達ですよ、トモダチ！」

落ち着いた大人の対応の西牟田さんを横目に、当の僕は赤面してドギマギしてしまった。かろうじて会釈をして返答に代える。どうもこういう弄《いじ》りには慣れていない。これくらいの軽口、冗談の一つでも返せないと大人の男とは言えない。

「あ、そうそう。西牟田さん。バックヤードにあったハシゴを知らない？　今朝はあったのに見当たらないんだよ。困っちゃってさ」

僕が胸の高鳴りを鎮めようと、清田小春と心の中で五度唱えていると、そう言って木佐貫さんが困り顔をした。太めの眉毛がハの字になっている。

「ええと、すみません。私も見てないです」

一瞬、考えてから西牟田さんはそう答えた。

「そっかあ、そうだよなあ。分かった、了解！　ああ、それと……」

ここで木佐貫さんは小声になって、「上下黒でニット帽被った怪しい男がいたんだけどさ」

と続けると、西牟田さんも思い出したとばかりすぐさま反応した。

「ああ、いましたいました。商品を持ってウロウロしてまた棚に戻しているお客様ですよね。かれこれ一時間は徘徊《はいかい》しているので、一応、グロッサリー部門の社員さんに伝えておきましたけど」

なんだかプロのやり取りを見ているようでドキドキしてくる。

「さすが、仕事が早い。分かった、そっちは他に任せておけばいいか。ハシゴの方は、そうだなあ。忙しい時間帯だけど、ちょっと裏方見てくるよ。更衣室の方！」

「灰が積もってきてますから、足を滑らせないようにしてくださいよ！」

「地元の人間を舐めてもらっちゃ困るよ」

木佐貫さんは言うが早いか急ぎ足で出入り口の方を目指し始めた。どうやら、店舗スタッフ用の更衣室は外に出ないと回り込めない所にあるらしい。ぼちぼち、レジ袋も商品で満たされてきたので、さて僕も帰ろうかしらと思っていたところ「待ってください！」と呼び止める声がした。

聞き覚えのある声だ。というか先ほど僕を救ってくれたグッドガイ、岸本くんのものとすぐに分かった。すぐ横から舌打ちをする音がする。驚いて見ると、西牟田さんが普段はめったに見せない不機嫌な様子で、小走りして木佐貫さんに近づく彼を眺めていた。ざわざわと胸騒ぎがする。いったい、どういうことだろう。

岸本くんは何やら慌てた様子で「待ってください、木佐貫さん！」ともう一度繰り返して追いついた。心なしか、木佐貫さんも振り向きざま、どこか大儀そうな様子で応じている。西牟田さんと軽口を叩《たた》きあっていたときとはえらい違いだ。何かがおかしい。

岸本くんは息を切らしながら、こう絞り出した。

「すみません、木佐貫さん。お客様が商品をお探しのようなのですが、僕にはどこにあるか分からなくって」

「要件は手短に言ってくれ、急いでるんだ。それで、なんだ」

「それが、ええと」

なぜか岸本くんは迷ったような様子で変な間をあける。

「早く言えよ、忙しいんだから。お客様も待たせてるんだろ？」

木佐貫さんはあからさまに苛立っている。ハの字に垂れていた太めの眉がブイの字に吊《つ》り上がっていた。

「ム、ムール貝とテナガエビをご所望のようでして……」

「ウチでは取り扱ってない。そう伝えろ、それくらい俺が行かなくても大丈夫だよな?」

「は、はい……」

岸本くんはしぶしぶといった感じで引き下がり、木佐貫さんはまた踵を返して走り出した。おかしなことはたくさんある。あれだけの好青年に対しての西牟田さんと木佐貫さんの態度の豹変ぶりもその一つ。

でも、一番おかしなところは別にある。

岸本くんは確かにムール貝とテナガエビの売り場が分からない旨を告げた。しかし、ものの数十分前に、彼は僕に対してこう言っていたはずだ。ムール貝もテナガエビも当店では取り扱っていないのだと。

なぜ彼はそんな嘘を言う必要があったんだろう。情報が頭の中で氾濫するのを必死で抑え込み、順序立てて整理する。僕の口は勝手に動いていた。

「西牟田さん、迷惑ついでにこの荷物を車まで運ぶの手伝ってくれないかな。それと、ちょっと聞きたいこともあってさ」

◇

外に出ると、うっすら灰が積もってコンクリートを薄く白く染めていた。靴底の接地面との摩擦係数が減るために、降灰がひどいときには、気を抜けば足を取られることもある。

母親に連れられた幼稚園児と思しき女の子が、小さな手足をめいっぱいに動かしてその上を走っている。そのお目当ては、駐輪場で一休みしていた野良猫のようだった。随分と人に慣れているようで、自転車のサドルの上でキジトラが丸くなっている。女の子が小さな顔をズイと向けても逃げようとはしない。

「ねえ、お母さん。ネコさんになにかあげよーよ！」

舌足らずでなんともかわいらしい猫なで声をあげる。若い母親はにっこりと微笑《ほほえ》んで

「だーめ」と優しくたしなめた。

「いい、ハナちゃん。もしハナちゃんがご飯をあげちゃったら、どうなると思う？　ネコさんはお腹いーっぱいになって、ウンチやおしっこをここでしちゃうよね。そうすると、お店の人が困っちゃうでしょ？　それにこのネコさんは、ご飯なんてあげなくても自分一人の力で立派に生きていけるのよ」

「えー？　けちんぼ！」

女の子は納得していないようでふくれっ面をしている。なんとも微笑ましい光景につい頬が緩んだ。

「しっかりしたお母さんだね」

比較的、軽いものが入った袋を持って随伴する西牟田さんが言った。

「人間が自然の摂理に干渉すべきではない。あのお母さんのもとで育つんだ。きっとあの娘《こ》もすぐに分かる日がくると思うよ」

「やだあ、急に小難しく言いまわしちゃって。どうしたのよ、らしくない」

そうかもしれない。問題に無理に首を突っ込もうとするなんて、ことなかれ主義の僕らしくない。やっぱりこれからすることは、僕の過干渉ということになってしまうのだろうか。とぼとぼと車を目指し、そんなことを考えた。

夏輝の軽自動車のキーを不慣れな手つきで鍵穴に差し込み、荷物を後部座席に積み込む。不思議そうに西牟田さんが車内を見回す。数刻前、不機嫌だったその表情は、すぐにコロコロと変わり、今は平生が戻ってきている。僕としては、西牟田さんにはいつもニコニコ笑っていてほしいなと思う。

「へえ、車持ちだったんだ。知らなかった」

「知人に借りたんだ、僕のじゃないよ」

それを聞くと、彼女はいたずらっぽく笑みを浮かべた。

「はあ、どうりで。男子厨房に立たずを標榜《ひょうぼう》する小金井くんには手に余る食材だと思ったのよ。買い出し組というわけだね」

彼女の察しはいつも早い。それでも、僕が車内に招いた意図ははかりかねている様子だ。「それで、開きたいことって？」

助手席に彼女が座り、僕は運転席へ。密室の完成である。車が走り出すことはない。火山灰が降りしきる中で立ち話は嫌だろうという意図ももちろんある。けれど、僕が車内へ誘導したのはそういうことばかりではない。要は誰にも聞かれたくない内容だったのだ。

「あの、岸本くんのことなんだけどさ」

「え？　なんで知ってるの？」

西牟田さんはきょとんとしている。ここで、彼のジェントルマンぶりを訴えて心象を良くしたいのはやまやまなのだが、そうすると話がこじれそうだったので泣く泣くやめにした。

「ああ、さっき名札をちらっと見てね。彼が木佐貫さんに商品の売り場を尋ねたときだ。西牟田さんも木佐貫さんも、ちょっと前とは打って変わって嫌な顔をしたように見えたから気になってさ」

西牟田さんはその整った眉をひそめて困惑の表情を浮かべた。そして、大きく嘆息する。

「やっぱり今日の小金井くんはちょっとらしくないね。詮索屋なんてさ」

いつも朗らかな西牟田さんの忠告ともとれる物言いに胸がちくりとした。

「かぐやさんの時も情報収集に徹していたけれど、あれは外堀を埋める意味合いが強くて、彼女の私的な領域には極力踏み入れないっていう意思があった。だからお節介焼きとして協力したんだけど……」

歯切れ悪く黙り込む。車内には張りつめた空気が充満した。

「どうしても、知らなきゃいけないことだと思うんだ」

「先に理由を話してみて」

「木佐貫さんの岸本くんへのぞんざいな対応に納得ができないんだよ」

またも張りつめた空気が二人を包む。彼女との距離が一気に広がるような気がした。

もしかしたら、僕は夏輝に触発されたのかもしれなかった。わずかな情報から真実を言い当てた、あの偏屈マッチョの謎解きを垣間見《かいまみ》たからこそ、真実を知りたいという欲求が瀑布《ばくふ》のごとく流れ出たのかもしれなかった。

「岸本くんと小金井くんの関係性は知らない。そこを聞くつもりはない。けれど、あなたがそこまで言うということは、なにかよっぽどの事情があるのよね。それなら、教えてあげる。あまり気乗りはしないけどさ」

「恩に着るよ」

僕は彼女に謝意を述べた。それくらいしか、今の僕ができることはなかった。

「知ってることかもしれないけど、一応、彼の基礎情報から言うわね。本名は岸本大輔。獣医学部の一年生で、今月頭からこのスーパーでアルバイトを始めたわ。私とは部門が別だから深く関わるってことはないんだけど、だから、勘違いしないでほしいんだけど、私が彼を嫌っているということではないのよ。ただ、社員さんや他のバイトからの評判はなかなか悪くてね。特に木佐貫さんとは折り合いが悪くて、それを知ってか知らずか、ノコノコ質問に行ってたから苛立っちゃったってわけよ」

「悪評の原因は？」

「ううんとね、なんでも彼、サボリの常習らしいのよ。今みたいなピーク時、皆が裏から出払っちゃうくらいの忙しさの時よ。みんなそれぞれの持ち場で忙しなく働いているのに、そういうときに限って彼は『お腹《なか》が痛くて』とかなんとか毎回のように理由をつけて持ち場を離れ、裏へ行っちゃうそうよ。社交性があれば、そんなでもやっていける世渡り上手はいるんだけどね。どうも彼はそのタイプじゃないみたいなのよ」

気になる箇所があったので追及が早くなる。

「社交的じゃないってことかい？」

彼女は首肯した。

「どうもそうみたいね。黙々と品出しをして、ほとんど会話もしない朴訥《ぼくとつ》な性格みたい。そんなところで、みんな少しずつフラストレーションがたまっていたのよ。決定的だったのは、先週のミーティングでの一コマ。これまでスタッフ用の喫煙所はバックヤードにあったんだけど、近隣の小学生や中学生がよく社会科見学に来るってことで、イメージのためにも移動させましょうということになったのよ。それで、更衣室の外にある通用路なら人目にもつかないしいいんじゃないかって意見が出たんだけど、これに猛反発したのが岸本くんでね」

なんとなく流れが分かったので彼女の後を継ぐ。

「木佐貫さんは喫煙者だったわけだね」

「そう、その通り。岸本くんは最後まで折れなかったわ。『僕は喘息《ぜんそく》もちだから困る』の一点張りでね。おかげで、喫煙所問題は今も解決せず、木佐貫さんたちは休憩中に最寄りのコンビニまで行って一服つけなくちゃならなくなったの」

ただでさえ肩身の狭い現代の喫煙者にとっては、これは追い打ちだろう。

「喫煙所を新たに設けましょうっていうならその言い分も理解できるけど、もともとあったものを移動させるのに反対する理由としては、確かに少し弱いかもね」

「お役に立てたかしら」

「ありがとう、色々と分かったよ」

嘘だった。いたずらに情報が増えただけで、分からないことだらけだ。彼女から岸本くん像を聞き出せば聞き出すほど、あの頼りになるグッドガイのイメージから乖離《かいり》していくのだ。やはり、これは僕なんかでは手に負えない問題なのだろうか。

僕が絶望的にかぶりを振ったまさにその時だった。さきほど、通用路へと向かった木佐貫さんがフェンスの入り口から出てきた。それも一人じゃない。他の人と連れ立っている。いや、正確に言えば、無理やり連れて歩いている。

「あ、あの男の人……！」

いち早く反応したのは西牟田さんだ。それだけで、その男の正体が分かってしまった。上下を黒で固め、ニット帽を被った男の正体が。先ほど、木佐貫さんと西牟田さんがコソコソと耳打ちしていた怪しい男と見てまず間違いない。

男は大きめのアタッシュケースを振り回して抵抗している様子だ。

僕と西牟田さんが車外へ飛び出したのは、ほぼ同時だった。一目散に木佐貫さんへと駆け寄る。

「なにかあったんですか!?」

息を切らして問いを投げたのは西牟田さん。

「どうもこうもないよ。この人、通用路で更衣室の窓から中を覗き込んでたんだ。あそこはみんな出払っているから、おそらく更衣室荒らしの類だろう。事務所で話を聞かないと」

「盗《と》られたものはあったんですか」

木佐貫さんははっとしたような表情をして、アタッシュケースを一瞥した。西牟田さんもその視線に気付き、男からケースを奪うと、

「ちょっと失礼しますね」

と一言。中身を検めた。そして、首を横にゆるゆると振る。

「幸い、何も盗られてはいないようですね」

木佐貫さんは、苦虫を嚙《か》み潰したような表情の男の手をなおも摑《つか》んだまま言った。

「でも、この男が使っていたのは例のハシゴだった。バックヤードにあったハシゴをなんで部外者が使っているのか。不法侵入の可能性だってあるからね。簡単に帰すわけにはいかないよ」

西牟田さんが僕を振り返って目くばせをした。さすがに、僕がここにいるわけにはいかないから帰ってくれということだろう。

「大丈夫です、正直に話せば悪いようにはなりませんよ。安心して」

すぐに西牟田さんは介抱役に回って、男をなだめた。そして、そのまま三人連れ立って行ってしまった。

僕でも真相にたどり着けるなんて思ったのが間違いだった。ちょっとした気の迷いだ。万引きGメンの特番さながらの大捕り物を間近で見た衝撃で、逆に状態がフラットに戻った気がした。

しかるべき人がしかるべき対応をすれば良い。所詮、部外者の僕が介入できることではないのだ。くだんの男も、そして岸本くんを取り巻く人間関係も。人間が野生に過干渉してはいけないように。

冷静な気持ちで帰路についた。運転の方はというと、行きよりもよっぽど上手《うま》くいった。万事そういうものなのかもしれない。

◇

荷物が多かったので、酒類はバックパックに詰めて階段を上った。国交省の指針によると六階建て以上の建築物にはエレベーター設置義務が発生するらしいのだけれど、なんとかあとワンフロア引き下げてもらえないかと、五階を目指しながら思った。夕闇に没して風も涼しくなっていたため何とかなったが、夏などどうするつもりだろう。多くの人が連想する通り、鹿児島の夏は半端じゃなく暑いのだから。

「遅かったじゃねえか。食材選びに戸惑ったのか?」

夏輝は出会った時とは色の違うグレーのタンクトップ姿で、肉体的にも精神的にも疲労した僕を出迎えた。やっぱりシャワー浴びてたのか、こいつ。寸胴の火は弱まっており、食材の下準備と思しき作業は完了したらしい。

「色々と大変だったんだよ。こっちもさ。言っておくけど、車をこすったり、ぶつけたりはしてないからね。安心して」

言いながら車の鍵を投げる。夏輝は片手でそれを受け取った。ナイスキャッチ。

「まあ、それは一向に構わんが」

今日あった諸々《もろもろ》のことは酒でも飲んで忘れてしまおう。数日後の清田先輩への報告のことだけ考えて、シミュレーションしておこう。そう思って、

「はい、これお釣りとレシート。酒代も入っているけど、これは僕の財布から補填しておいたから、きっかりあるはずだよ」

とだけ伝え、部屋を辞去しようとした。僕が背を向けた途端、背中の方で声がする。

「なにしてんだ、お前？」

僕の背中には、反射的に声をかけさせる機能でもついているのだろうか。だとしたら二十年の人生で初耳だけど。振り仰ぐと、玄関先で腕を組んで仁王立ちする夏輝が不思議そうな顔をしている。

「なにって帰るんだよ。要件は済んだんだろ？」

夏輝は呆《あき》れたようにため息をひとつ。

「馬鹿か、お前。この俺が人をコキ使っておいてタダで帰すわけねえだろ。そんな悪代官に見えるか？」

十分、見えますけども。

「俺のお使いを完遂したのはお前が初めてだ。入れ、メシ食わしてやる。ただし、服についた灰を払ってからな」

言ってから夏輝はそそくさとレジ袋から食材を取り出し、確認する作業に入っていった。

「ムール貝はなかったかあ。まあ、しかし仕様がない。黒はブラックオリーブで代用するとして……」

なにやらぶつくさ唱えながら頬を緩ませているのではなはだ不気味である。が、今日一番の愉快そうな表情でもある。こいつ、料理が好きなのか。すさまじいギャップだ。

「それじゃあ、遠慮なくご馳走《ちそう》になるよ。お邪魔します」

言いつけ通り、しっかりと灰を払ってから部屋へとあがり込む。まあ、男子大学生の料理の腕なんてたかが知れているのだろうけれど。それでも、僕のために腕を振るってくれるというのだから、素直にありがたいし、ちょっとだけこいつのことを見直した。正直なところ、今日一人で酒にありついたところで、どうせしみったれた味しかしないに違いなかったのだ。

薄々勘付いてはいたのだけれど、夏輝はかなりのきれい好きのようだ。口うるさい小《こ》姑《じゅうと》も黙ってしまうだろうなと思えるほど、部屋の隅々まで掃除が行き届いている。この地に住んでいると、玄関や四周の窓など、外気とのあらゆる接点から非常に粒子の細かい桜島からの贈り物が侵入してきて、掃除を怠けて放っておくとすぐにフローリングがざらついてしまうものなのだ。よほど清掃に余念がないらしい。そんな風だからホコリなんて落ちているはずもない。

ベランダ側の一角にカーペットが敷かれており、その上に勉強机兼テーブルと思しきコタツ机が配されている。机の上には、各種リモコン類がピッチリと向きを揃えて整列している。ちなみにベッド脇に見たこともない量の筋トレ用具が整然と佇んでいたのを僕は見逃さなかった。

「座って待ってろ。テレビでも見てな」

との夏輝の指示に従ってコタツ机に座す。なんだか手に取るのがはばかられたけど、隊列をなすリモコンの一つを手に取ってテレビをつける。今春から始まったバラエティの画面が映し出された。夏輝は既に本調理に取り掛かっているらしく、小気味よい包丁の音が聞こえてくる。室内はニンニクの良い香りで満たされつつあった。いったい、何ができるというのだろうか。今日の買い物リストから推理してみるのも一興である。腹を鳴らしながら、僕はろくすっぽテレビを見ようとせず、もっぱら探偵の真似《まね》ごとに興じていた。

「おら、できたぞ。お前も配膳を手伝え！」

次の時間帯の番組が中盤に差し掛かった頃、夏輝が僕を呼ぶ声がして我に返った。それくらいはしないとな、と思ってキッチンへ行って驚いた。

「こ、こんなに作ったのかい⁉」

「あ？　普通だろ、このくらい」

いやいやいや、全然普通じゃない。ずらりと並べられた皿の数に目を丸くし、そのテンションを引きずって言われるがまま配膳を手伝う。僕の稚拙な推理もどきなどかすりもしない。気付けば、コタツ机の上には夏輝入魂の料理の数々が鮮やかな色彩を放ちながら美味そうな匂いの四重奏をなしていた。

「これはなんだい？」

ひときわ鮮やかな赤色を放つ、小皿に盛られたそれを指さす。いや、それは紛れもなく今日、僕が手にした赤ピーマンに違いはなかったのだけれど。

「赤ピーマンの直火焼きをマリネしたものだ。ワインビネガーの酸味が癖になるぞ」

端的な解説なのだろうけれど、まったく意味が分からない。続いてグツグツとたぎる鉄なべを指さす。

「エビとホワイトマッシュルームのアヒージョ。バケットのおかわりはいくらでも用意しているから好きなだけ食べていいぞ」

なんという準備の良さ。

「じゃ、じゃあこれは？」

「ソパ・デ・アホ。ニンニクスープだ。生ハムのうま味とアリオリの香りを吸ったバケットを浸してある」

もう、ここまでいくとバルのマスターに説明を受けている気分だ。ただ、中央に配されたフライパンにそのまま盛りつけられたそれを見て、夏輝がどんな系統で今回の食卓を統一してきたのかは容易に想像できた。

平たいフライパンにはこれでもかと魚介が乗っている。二種類のエビの赤、ブラックオリーブの黒、イカの白、パッカリと開いたアサリもじつに美味そうだ。それぞれがそれぞれに違う色味を出して主張する具材たちの間隙を縫うように、黄色く染まった米が顔をのぞかせている。色彩の満艦飾である。

「まさか、パエリアが出てくるなんて思いもしなかったよ。スペイン料理だね？」

「正解だ、さあ食うぞ！」

夏輝の号令を聞くやいなや、僕は料理に飛びかかった。正直、さっきからよだれが止まらなかったのである。

マスター夏輝の説明順に従って、赤ピーマンのマリネに箸をつける。ほのかな甘みにピリっとした辛み、そして遅れてビネガーの酸味が鼻を抜けていく。

「う、美味い!!」

「当たり前だろ、誰が作ったと思ってんだ」

言葉の乱暴さは相変わらずだったけれど、夏輝は嬉《うれ》しそうにニヤリとした。

僕のボキャブラリーは一口ごとにどんどんと失われていき、どの料理を食してみても、結局「美味い！」を連発してしまっていた。パエリアの味など感動である。

「焼いたエビの殻と鶏《とり》ガラ、香味野菜で出汁《だし》をとって、それで炊き込んである」

がっつきながらも夏輝は料理の解説を挟むのを忘れなかった。なるほど、くだんの寸胴では出汁をとっていたわけか。そりゃ美味いわけだよ。四種類の料理を一周し、矢も盾もたまらず僕はやおら立ち上がるとバックパックから晩酌用に買っておいた酒を取り出した。こんなに美味いアテがあるんだから酒を入れなきゃ損だ。ワインを買っておかなかったのが悔やまれた。まあ、ビールがあるだけマシである。

「材料費はもってもらっているからね。これは僕からのお返しだ。夏輝もどうだい、ビール」

ずいと缶ビールのひとつを差し出す。夏輝は何とも不思議そうな表情でまじまじとそれを見つめていた。どうしたんだろう、特に珍しい銘柄というわけでもないのだけれど。

気にせず、プルトップを勢いよく引く。そのまま喉に流し込む。

「くあー！　これこれ」

飲み屋ではないため、つい声が漏れてしまった。

「そんなに美味いのか、それ」

夏輝はビール缶をくるくる回して成分表示などを観察している様子だ。体格が体格なので、ビール缶が小さく見える。人類の祖先が火を初めて発見したときは、きっとこんな顔をしていたに違いない。

「普段はやらないクチなんだね。無理はしなくていいよ」

アヒージョのエビとホワイトマッシュルームをバケットに乗せながら、僕は言った。無理に飲ませるのも悪い。こうなるとわかっていれば、ソフトドリンクの一つでも買っておいたのだけど。

「今まで酒は飲まなかったんだが、いや、しかし」

「しかし？」

言いながら、バケットにかじりつく。オリーブオイルにもエビのうま味が溶け出していてこれがカリカリのバケットによく合う。仕上げに振りかけられたブラックペッパーの辛みが味を引き締める良い働きをしている。

「人からの貰《もら》い物を無下にするのは気乗りしねえな」

僕は変なところで律儀な夏輝の態度に吹き出しそうになった。そんな武士みたいなこと言わなくても。夏輝は「よし」と気合いを入れるとプルトップを引き、豪快にビールを呷った。ラガーマンのＣＭみたいだ。

「ど、どうだい？」

なぜだか緊張してしまう。舌の上で初めてのビールを転がしているのだろうか、やや間があいた。そして……。

「美味いな、これ！」

夏輝は快哉《かいさい》を叫んだのだった。

「気に入ってもらえたのなら嬉しいよ」

僕は胸をなでおろした。しかし、夏輝はそこから止まらなかった。「美味い、美味い」と連呼し、ろくに料理に手を伸ばさずに、あっという間に缶を空にしてしまったのである。しかし、顔色も変わらないし、ろれつもはっきりしている。ビギナーがペース配分を誤っているという感じはしないのだ。もしかして、この男……。

「こんなに酒が美味いもんだとは知らなかったな。おい、お前。もっとないかもっと」

言いながら、夏輝は丸太かと見まがうほどの太い腕を僕のバックパックへと伸ばした。

「お、なんだこれ」

「それは！」

僕がちびちび消費しようと思っていた芋焼酎だ。夏輝はそれを持って、じっと僕の目を見つめてくる。なんだ、お前。そんなつぶらな瞳で僕を見るなよ。

「飲みたいの？」

夏輝はコクリと頷いた。この料理には合わないと思うけど、仕方がない。

「いいよ、飲んで。僕は美味《おい》しい料理を楽しむとするよ」

「よし！　よく言った！」

夏輝は嬉々《きき》としてキッチンからグラスを持ってきて、焼酎を注ぎ始めた。ああ、そうか。夏輝は当然これも初めてだろうから、割り方から教える必要があるな。まずは水割りが無難だろうか……とそんなことを考えていると、なんと夏輝はそのままグラスから豪快に呷った。

「わ！　馬鹿！　ストレートで飲むやつがあるか！」

止めたけれども後の祭りだ。既に焼酎は夏輝の喉元を過ぎたあとだ。酒場で調子に乗った同級生たちが、奇人変人へと変態していった様が脳裏をよぎる。僕はこの大男を止められる気がしない。とにかく水だ、チェイサーだとキッチンへ走ろうとしたその時だった。

「これも美味いな。きりっとした飲みごたえがたまらん」

マッチョの大男は、人の心配をよそに変わらぬ様子で酒の品評を始めていた。

「へ、平気なの？」

「何がだ？」

僕の問いかけに、彼はどこまでもどこ吹く風である。白い肌は、何物にも染まらず無垢を保っている。間違いない、こいつザルだ。心配して損した。僕は夏輝に「一気に飲んだらもったいないから水か氷で割って飲むように」とだけ指示して、彼の入魂の料理を堪能《たんのう》することとした。ビールはたしなむ程度にしよう。腹が膨れてはもったいない。

夏輝は黙々と杯を重ねていく。曰《いわ》く「飲めば飲むほど頭が冴《さ》えわたっていく感じがする」そうだ。昭和の名レスラーみたいなことを言うやつである。

「ちょっと君の印象が変わったよ、夏輝」

夏輝が四杯目のロックに手を伸ばしている折、僕はそう言った。ファーストインプレッションは最悪で、未《いま》だにその乱暴な口調は変わっていないのだけれど。

「なんだ、急に。気持ち悪いな。酔いでも回ったのか？」

お前が言うな、お前が。

「違うよ。人の印象っていうのは千変万化だってこと。さっきの買い物で物凄く印象のいい店員がいたんだけどさ。仕事熱心でハキハキとした男の子。だけど、仕事仲間からの評価は正反対なんだ。寡黙なサボリ魔。ちょっとそのことを思い出した」

僕の言葉を聞くうちに夏輝の目の色が変わっていくのが分かった。僕はこの目を見たことがある。それは、つい数時間前、初対面の僕の素性を的中させる推理演説を披露した、あの時の鋭い瞳だ。

「おもしろそうな話だな。ちょっと詳しく聞かせてみろよ」

窓の外でサイレンの音が鳴り響いた。まさか、あのスーパーの黒ずくめを迎えにいったのかと連想する。しかし、ここが唐湊であることを思い出し、例のネズミ捕りだろうと安堵《あんど》した。

一度は諦めた道だった。部外者が探偵の真似ごとをして干渉すべきではないことだとも思った。けれど、岸本くんを取り巻くあの一件には、やはりどうしても腑《ふ》に落ちないことが山積している。多すぎる。それらの疑念を紐解《ひもと》いていくことは、やっぱり僕の忌むべき過干渉ということになってしまうのだろうか。本当に？

この男に賭けてみるのも良いかもしれない。僕がそう決断できたのは、何も酔いのためばかりでもなかった。ざわざわとした胸騒ぎが再燃してくる。夏輝にならば視《み》える世界が、夏輝にしか視えない世界が、もしかしたらあるのかもしれない。

推理に必要なのはとかく情報だ。特に、今回の場合、夏輝は現場にいなかった。僕の証言ひとつで、彼が望外の真実にたどり着く確率が大きく変動する。

だから、僕はあの場所での見聞の全てを語る必要があった。関係あることもないことも、その全てを忌憚なく。

夏輝はグラスを傾けながら、僕の証言を黙して聞いていた。話が終盤に差し掛かるにつれ、夏輝の口角が徐々に上がっているのが見てとれた。まさか、こいつ本当に……。

「どうだい、何か分かることはあったかい？」

全ての証言を終えて、僕はすがるようにそう尋ねた。

「俺は料理に関しては一家言あってな。洋の東西を問わず、大概の品目はレパートリーに入っている」

「は？」

僕の目が丸くなった。夏輝は鼻を鳴らして構わず続ける。

「だがな。デザートだけは作れない。現に今日もないだろう？」

「おい、夏輝。僕が聞きたいのは……」

夏輝が人差し指を立てて鼻のあたりに添えた。

「デザートの代わりに解決編はいかがですか？」

「まったく……」

僕は安心感から大きく息を吐いた。憎たらしい演出をしやがって。謎が夏輝というブラックボックスを介して真実へと変貌を遂げる。

◇

夏輝は一息に残りの焼酎を飲み干して、噛んで含めるように語り始めた。

「今回、お前が提出してきた謎は、どうして寡黙なサボリ魔であるはずの岸本が、自分に対しては驚くほど懇切丁寧に対応したのか。実際、お前は客として岸本には正反対の評価を下していた。この差はどういった事象に起因するのかといったものだったな、表面上は。しかし、これはほんの枕に過ぎない。お前が本当に気になっているのは、岸本はどうして取り扱っていないと知っているはずの商品の在り処《ありか》を木佐貫に聞いたのかというところにある」

確かにそうだ。岸本くんがムール貝とスカンピの所在という情報だけをピンポイントで記憶から飛ばしてしまったというのは、ちょっと考えられないことだ。彼はそれを、あの場で聞かなければならなかったとするのが妥当だろう。

「岸本はあそこでムール貝とスカンピの所在を木佐貫に聞かなければならなかった、とか考えてるんだろ？」

心の内を見透かしたかのような夏輝の問いに、驚きながらも首肯する。

「少し違うな。岸本は聞かなければならなかったんじゃない。聞かざるをえなかったんだ」

ううむ、と今度は首をひねる。

「それがどう違うんだい？」

あるとすればニュアンスくらいのもので、大した差がないように僕には思える。けれど、夏輝から言わせれば、これは大きな差異なのだろう。

「いいか、よく考えてみろ。お前が岸本に買い物を手伝ってもらい、会計を済ませて西牟田と遭遇。雑談しているところへ木佐貫が登場。その後、通用路へ向かい始めた木佐貫の後を追うように岸本がやってきて問題の発言がある。そもそも、品数の豊富な大型スーパーで、この短いスパンで、ムール貝とスカンピという同一のものを所望する客が二人現れて、さらにその置き場を同じ店員に尋ねる。いったいどれくらいの確率だろうな」

　夏輝の言いたいことが分かったような気がした。

「つまり、夏輝はハナからそんな客はいなかったと言いたいわけだね。客からの質問に答えられないという状況であれば、職務として木佐貫さんに聞かなければならない。けれど、この場合は客がいないにも拘《かかわ》らず、岸本くんは木佐貫さんのところに向かっている。この時点で虚偽が発生する。わざわざ嘘をつかなければならない理由。それは、彼が聞かざるをえない状況に立たされていたからだ」

　では、その状況とはなんだというのか。僕にはこれ以上のことは推測できない。夏輝はよくできましたとでも言いたげにオーケーサインを作った。

「物事は連続性の上に成り立っている。因果という連続性の上にな。岸本が嘘をついたという出来事にも当然、原因と結果があるはずだ。そして、定石通り、岸本のこの不可解な行動が帰結した結果は、すぐにお前の眼前に現れた」

「まさか！」

　自らの瞳孔が開いている感覚がした。

「そのまさかだ。全身黒ずくめ。奴が木佐貫に捕まってしまった。つまり、岸本と黒ずくめはグルだったってことだ」

　グルという単語に慄然とした。そんな、岸本くんが、まさか……。ショックで茫然としているところに夏輝が畳み掛けてくる。

「そう考えると、岸本がついた嘘の原因もおのずと見えてくる。木佐貫や西牟田の発言から、あの時間帯は一日でも客足がピークを迎える頃。店舗の裏側の人間も皆出払って業務につかなければならない時間といえる。黒ずくめが人目につかず通用路で行動するには絶好のタイミングだ。西牟田や木佐貫が目撃していた通り、黒ずくめは時間稼ぎとも思える店内徘徊を続けていた。おそらく、岸本から裏方が手薄になったという情報が流れてくるのを待っていたんだろう。だが、誤算があった」

　夏輝は一息つくように、グラスを傾けて氷から溶け出した水を飲んだ。

「木佐貫だ。ハシゴがないことに気付いた木佐貫は、黒ずくめが作業している通用路へと向かい始めた。慌てた岸本は、時間稼ぎのために木佐貫を呼び止めた。咄嗟《とっさ》に出た要件が、客から商品の在り処について質問を受けたというもの。だが、これはかなり苦しい。木佐貫が客のところに案内しろと言った瞬間、破綻するんだからな。だから、もともと売り場にない商品を言うしかなかった。あてずっぽうで言うのは危険が高いから、直前にお前としっかりと確認済みだったムール貝とスカンピが口から飛び出したというわけだ」

「あくまでも、岸本くんとその男がグルで窃盗を行ったと言いたいんだね。そして、それはたまたま未遂に終わっただけの話だと」

気分は窓外に見える夜の闇よりも、さらに深く暗く沈んでいく。

「窃盗……か。まあ、確かにそう言われればそうかもしれないな。奴らは盗もうとしたことに違いはない。そして、それが予期せぬ木佐貫の乱入でフイになってしまったというのも概《おおむ》ね合ってる」

「信じられない。あのグッドガイだった岸本くんが人様の金を盗むような人間だったなんて」

ぐしゃりと髪をつかむ。人は見かけによらないとはよく言うけれど、こんなのってあんまりじゃないか。やるせなさにほぞを噛む僕に、夏輝は意外な言葉をかけた。

「おい、お前、何を勘違いしてんだよ」

「え？」

「誰が、奴らが更衣室に侵入しようとしたなんて言ったんだ」

頭にくるくると疑問符が浮かぶ。

「だって木佐貫さんがそう言っていたじゃないか」

「木佐貫にはそう見えたというだけの話だと思うぞ、俺は」

分からない。夏輝は何を示唆しているのだろう。僕は彼の次の言葉を待った。そして、望むらくはそれが希望の言葉であって欲しいと思った。

「よく思い出してみろ。車内でお前が聞き出した西牟田の証言をな。岸本の周囲からの評価だ」

「サボリの常習。社交性もなし」

「そう、それだ。おかしいとは思わないか。ふつう、こういった人の目を盗んで負い目のある行為をする場合、真っ先に気にするのは不在証明だ。自分が容疑者その一になるのは何としても避ける必要があるからな。普段から一人でいる瞬間の多い岸本が更衣室に忍び込んで盗みを働くなんてことすると思うか？」

僕は「ストップ」と言って、彼の言葉を遮った。

「実行したのは岸本くんじゃないだろう？　黒ずくめの方だ。リスクと考えるなら、共犯者が自供してしまうというものがあるけれど、それとこれとは別の話じゃないか」

「その黒ずくめが使っていたのはなんだった」

「あ！」

思わず声が出た。そうか、そういうことか。

「確かに、黒ずくめが使っていたのはバックヤードから姿を消したハシゴだった。木佐貫さんは黒ずくめを単独犯と想定して、不法侵入の可能性に触れていたけれど、可能性として高いのは従業員の中に共犯者がいたという方だ」

自然に考えると、そうなる。そして、そうなった場合、評判の悪い岸本くんが疑われるというのは十分に想定できることだ。

「木佐貫も、社員としてまさか従業員に共犯者がいるわけがないと思いたかったんだろうな。とにかく、それだけのリスクがあるにも拘らず岸本が更衣室のものを盗もうとしたとはどうも考えられない。だいたい、そういう計画があったのならできるだけ愛想を振りまいておくとか、一人でいる時間をなくすとか、そういった下準備があってしかるべきだ。結局、共犯者を使っているのだから、突発的犯行の可能性はありえないからな」

「通用路の喫煙所設置に反対したことから考えてもそう言えるね。今日のことを計画していたからこそ、先週のミーティングで喫煙所を移動することに猛反発した。おそらくは喘息もウソ」

夏輝が僕に目を合わせてくる。

「冴えてきたじゃねえか。その通りだ」

頭が冴えてきたかは分からないけれど、酔いはすっかり覚めてしまっていた。消えてほしい可能性が消えつつあった。僕は喉をゴクリと鳴らして、夏輝に確認する。

「岸本くんたちが法律に抵触するような行為をはたらこうとしたわけではないということだね？」

「少なくとも刑法には、とだけ言っておこうか」

微妙に煮え切らないニュアンスだったが、それが聞けただけでも十分だった。でも、ここで終わってはいけない。僕が知りたいのは真実なのだ。今ごろ、木佐貫さんに捕まった彼がどうなっているかは分からない。岸本くんが尋問を受けている可能性だって捨てきれない。そして、彼らを救える可能性のもっとも高い人物は、どういう運命のいたずらか僕の目の前にいる。

「夏輝。君は、岸本くんたちは更衣室に入ろうとはしていなかったと言ったね。彼らが盗みたかったのは別のものだったとも。いったいなんなんだい、それは」

酒豪のマッチョは、一瞬間だけためを作って、推理を開陳する前の刹那的余韻を楽しんで、そうして僕にこの事件の真相を告げた。

「まさか、そんなことのために……」

「ちっ。結局、外に出ないといけねえのかよ」

絶句する僕を尻目に夏輝はすっくと立ち上がってタンスに向かった。

「俺の推理はあくまで仮説だ。今からそれを確かめに行く。お前も来い」

既にジャケットを羽織って準備万端の様子だ。そうだ、行かなければ。彼らのもとに。

僕は力強く頷いた。

「しかし、もう手遅れかもしれねえな」

扉を閉める時、夏輝がそんなことをボソリと呟《つぶや》いたのが聞こえた気がした。

◇

堂々の飲酒運転というわけには当然いかず、二人して速足で現場に到着した。閉店時間を過ぎたスーパーに入るのはなかなかどうして勇気のいることである。数時間ぶりに訪れたスーパーは、あの時の喧騒が嘘のように静まり返っている。従業員の方々が最後のひと踏ん張りと一日を終える作業にいそしんでいた。

「これでも食え」

夏輝が、ミントタブレットを渡してきた。たぶん口臭予防のためなのだろうけれど、おかげでいくぶん落ち着くことができた。自動ドアはスイッチが切られているのか、反応しない。半開きになっているスペースに体を滑り込ませ、手近の店員に呼びかける。

「木佐貫さんはいらっしゃいますか？」

商品目当ての客ではないこと。忘れ物を取りに来た客でもないこと。僕の問いかけからこの二点を判断したその店員のおかげで、スムーズに木佐貫さんへの謁見が叶ったのだった。

「おお、君は確か西牟田さんの彼氏の……」

「友達ですよ！」

今度は瞬時に反応できた。黒ずくめの男を捕まえた時には曇っていた表情にも明るさがいくらか戻ってきている。僕はできるだけ申し訳なさそうな声色を作って続けた。

「お仕事中に申し訳ありません。今日あった例の件についてお話がありまして……」

「例の件っていうと……」

とここまで言ってから、木佐貫さんは「ああ」とだけ言った。あの場に僕もいたことを思い出したようだ。そんな木佐貫さんの機微を察して、さらに一歩踏み込む。

「彼はどうなったんですか……？」

自然とトーンが低くなってしまう。木佐貫さんは刈り込んだ短髪をばりばりとかきむしって苦笑した。

「本来はこういう情報は部外者に言ったらいけないんだけどなあ。彼なら帰したよ。口を割らずに黙秘を続けるから何も分からなくてさ。そもそも未遂だからね、警察を呼ぶわけにもいかないし。ただ……」

「ただ？」

僕は思わず顔をずいと近づける。

「学校への連絡をどうしようかと思ってね。彼、獣医学部の一年生みたいでさ。学生証を確認させてもらって情報は押さえてある。今日の一件を通報して良いものかどうか、本当に困っていてね」

木佐貫さんは迷ったわりには、結構あけすけに語ってくれた。本当に困っているから愚痴がこぼれてしまったという感じなのだろう。しかし、木佐貫さんの話を聞く限りにおいては……。

「なんとか間に合ったようだな」

店の外から機を窺《うかが》っていた夏輝がぬっと姿を現した。木佐貫さんが不思議そうな顔をするので「知人の夏輝です」と簡単に紹介する。

「今日の一連の事件について、俺は真相を知っている。ちょっとしたボタンの掛け違いがあるんだ。岸本を呼んできてくれ。そうしたら説明を始める」

「お、おい夏輝」

あまりにも失礼な態度をとるので慌ててたしなめた。当の夏輝は飄然《ひょうぜん》としている。忘れていた、こいつ基本的に不躾《ぶしつけ》な奴だったんだ。人間の慣れとは、げに恐ろしや。おそるおそる木佐貫さんの顔色を窺ってみる。少々面食らったようではあったが、それよりも「真相」という方に興味が流れたのだろうか、

「本当か、君！」

幅の広い夏輝の両肩をがっしりと摑んだ。夏輝は迷惑そうにむっと顔を背けたが、木佐貫さんはお構いなしである。そうか、この偏屈マッチョに対してはこういう主導権の握り方もあるんだなと感心した。

どうしたものかと頭を抱えていたところに現れた夏輝にもっけの幸いとばかり飛びついて、木佐貫さんは事務所へと通してくれた。夏輝はさも当然とばかり椅子にどかりと腰を下ろす。彼がそんな態度をとるたびに僕がハラハラすることになる。彼の一挙手一投足に狼狽《ろうばい》するその様は、中間管理職もかくやと思われた。

怪訝《けげん》な表情の岸本くんも入室し、とんとん拍子で舞台は整っていった。僕を見つけた途端、岸本くんの眼鏡の奥の表情が沈んでいくのが分かった。それはそうだろう。岸本くんの例の嘘に気付ける唯一の存在が僕なのだから。

「さて、まずはこの場に岸本を呼んだ理由から話そうか。その方が早い」

そう言うと、夏輝は僕に語った時と同じ道筋を辿《たど》りながら、推理演説を始めた。つまり、彼がまず明かしたのは岸本くんとくだんの黒ずくめがグルだったということ。けれども、彼らは窃盗罪という罪状に処せられるような行為を計画したわけではないということ。そして、それらの証左となる細かな理由の裏付けだった。

木佐貫さんも岸本くんも無言を貫いていたけれど、前者はみるみる紅潮し、後者はどんどん青ざめていくのが、遠目にもはっきりと分かった。夏輝が、では岸本くんの目的はなんだったのかと問題提起した段になって、たまらずといった具合に木佐貫さんがその重たい口を切った。

「岸本、お前なにやらかしやがった！」

鋭い一喝が狭い室内に反響した。木佐貫さんから睥睨《へいげい》された岸本くんは縮み上がってしまい、頼りがいのあった数時間前の姿はすっかり消え去っている。まずい、僕がとりなした方が――。立ち上がろうとしたその時、夏輝が僕の先をいった。

「まあ、待て。まだ推理の途中だ。言いたいことはあるだろうが、それは俺の話を全て聞いてからでもいいだろう」

さすがにさっきから岸本くんが気の毒だったので、僕も遅れて、

「そうですよ。ひとまず今は抑えて、待ってください。僕からもお願いします」

援護射撃をしておいた。客からそんなことを言われてしまったら、木佐貫さんも下がるしかない。彼は、特徴的な太い眉をまたハの字にして、憮然《ぶぜん》と座りなおした。

「すまないね、ついカッとなってしまって。夏輝くん、だったよね。続けてくれ」

夏輝はコクリと頷いた。

「どうも、木佐貫さん。あんたはどこか岸本を誤解しているようだな。こいつは不真面目な人間じゃねえよ。むしろ逆だ。真面目なんだ、なんに対してもな」

含みのある様子で夏輝はそう言った。木佐貫さんは、先ほどの自分の態度を顧みて懲

りてしまったのか、反駁《はんばく》することはない。夏輝の言うところの「真相」を知っている僕は、ただ固唾をのんで見守るしかない。

今度は誰からも横槍が入らなかったので、夏輝も調子を取り戻したのか「俺がこいつに聞いた話だと」と前置きしたうえで、またすらすらと語り始めた。

「岸本は商品の案内を終えると、レトルト食品の方へと向かっていった。これは十中八九持ち場に戻ったということで間違いないだろう。だとすると、岸本の所属はグロッサリー部門だ。にも拘らず、青果部門や鮮魚部門の商品も迷いなく次々と手に取ってみせた。研修期間の若葉マークを付けているバイトが、だ」

「し、しかし、それと岸本がサボリの常習というのは繋《つな》がってこないんじゃないか？」

随分と弱腰の木佐貫さんが、異議を唱えるというよりは質問をするといった調子で言った。これくらいは、誰もが抱く疑問だろう。

「大いに繋がるね。そもそも人間の評価なんて一面的なもんだろう。普段、寡黙で静かに仕事に没頭する人間がいたとして、そいつは物静かゆえ目立つことはない。そうなると、粗《あら》だけが異様に目立つという状況がたびたび起こる」

不良がゴミを拾ったらやたらと賞賛されるのと逆のベクトルの現象だと僕は思った。

夏輝はさらに続ける。

「岸本の見せた粗というのは、はっきり言ってしまえば、忙しい時間帯に限って裏へ行ってしまうという一点に尽きる。だが、目立ってしまったこの粗のせいで、寡黙という性質にも悪いイメージが付いてしまったんだ。俺が言いたいのはここからだ。それにもきちんと理由があった。岸本は確かめたかったんだ、あるものをな」

物言わぬ岸本くんは、しかしその表情で自らが激しく動揺していることを雄弁に語っていた。

「ちなみに、岸本が普段とは似ても似つかない積極的な接客態度を見せたのは、負い目ある行動をする前だったからこそだろう。何かをしていないと落ち着けないという心理は分からんでもない」

夏輝は言い終わらぬ内から立ち上がった。

「どうしたんだい？」

目的は分かっていたけれど、他の二人の代弁として僕が尋ねる。なんだか台本を読んでいるようで後ろめたい。

「通用路に案内してくれ。それとハシゴの用意を。あとは見た方が早いだろう」

案内してくれと言ったのに夏輝はさっさと事務所を出て行ってしまう。慌てて木佐貫さんがそれを追い、岸本くんは観念したかのように後に続いた。全員が出るのを見届けてから僕も事務所を後にする。謎がもたらした非日常が、日常へと収束しようとしていた。

◇

謎が解明されるときというのは、存外あっけないものだ。人間は未知にこそ心躍らされる。未知が既知に変容すれば、それは驚くべきスピードで興味の埒外《らちがい》へと跳ね飛ばされてしまうからだろうと僕は勝手に思っている。

しかし、今回ばかりは何かが違った。未知は既知に確かに変わったのだけれど、そこで終わらせてはいけない。いつだって複雑怪奇な人間の感情が作り出した謎には、解決編を付与しても拭いきれない残滓《ざんし》の欠片《かけら》が残る。そして、それがさらに真相を昇華させるということも。

「こ、これは……」

闇に包まれた通用路。更衣室に面した壁にハシゴを立て掛け、一人一人が順に夏輝の示唆する「あるもの」を確認していった。懐中電灯片手に上っていった木佐貫さんは、頂上でそれを確認し暫時、絶句していた。岸本くんはというと、腹をくくり煮るなり焼くなり好きにしろといった気配である。

夏輝の推理は的中していた。岸本くんが盗み出そうとしたもの、それは……。いや、ここで僕が真相を明かしてしまうのは野暮というものだ。探偵にその大役は任せるとしよう。夏輝は木佐貫さんが下りてくるのを確かめてから、改めて真相を告げた。

「今、確認してもらった通りだ。岸本と例の黒ずくめが持ち出そうとしたのは野鳥の卵だ」

梁《はり》の裏側。下からではよほど覗き込まないと分からない所にそれはあった。木くずを固めて作られた小さな巣に卵が三つ。門外漢なので、種類は判然としなかったけれど、それが鳥の卵であることは一目で分かった。

夏輝が僕に開示した情報はここまでだった。だから、当然僕としても気になる部分はある。木佐貫さんも岸本くんも黙ったままだったので、それをぶつけてみる。

「でも、どうして岸本くんたちはわざわざ勤務時間中に卵を採ろうなんて不審な真似をしたのさ」

その回答は意外な人物からあがった。

「鳥獣保護法。野生動物を飼養することは禁止されているんだ。そして、卵も例外じゃないんだよ」

木佐貫さんだった。彼は全てを理解したように、悲しそうな表情を浮かべている。岸本くんを一喝していた姿はもうない。夏輝が言葉をつなぐ。

「つまり、岸本からすれば、卵を採る行為は人に見られてはいけなかったんだ。南京錠があるということは、夜はこの通用路も閉めきられるということだろうし、タイミングは営業時間、それもピーク時で一時的に裏方から人が出払うタイミングしかなかった」

夏輝は口をつぐむと、岸本くんに鋭い一瞥を投げた。ここまでくると言い逃れはできない。心苦しいが、彼の自白の言葉を待つしかない。

皆の視線が岸本くんへと収斂《しゅうれん》していく。腹をくくった岸本くんは肩の荷が下りた様子で悠揚迫らぬ態度だ。静かに自供は始まった。悪意無き盗人の自供が。

「あの巣を発見したのは、ここで働き始めてすぐのことです。ころころとした卵が三つ。もとより動物が好きなもので、大変に興味を惹《ひ》かれました。だから、悪いこととは思いつつも、ピーク時で皆さんが裏へ行けなくなるタイミングを見計らって、様子を観察していたんです。もしかしたら生命が誕生する瞬間を拝めるかもしれないと思うと止まらなくて」

「生命の誕生という出来事の崇高さに酔っていたわけだな」

夏輝のきつい言いまわしに岸本くんは深くうなだれる。咎《とが》めるのはやめておいた。

「何を言われても仕方がありません。その通りです。最初はそっと見守るつもりでした。ただ、どういうわけか卵がなかなか孵《かえ》らないんです。卵から鳥の種類を判別することは僕にはできません。ですが、それにしても孵化《ふか》の兆しが見られない。だから……」

「人工的に孵化させせようと企てた。そうだな？」

ベテラン刑事のような口調で言いよどむ岸本くんの言葉を引き取ったのは木佐貫さん。

岸本くんは力なく「はい」とだけ言った。木佐貫さんと夏輝が大きく嘆息したのはほぼ同時だった。

「おい、岸本。お前、将来の夢とかあるか？」

「え？」

やや矛先の軌道が変わる夏輝からの問いに岸本くんの顔が上がる。

「将来の夢とかあるか？　そう言ったんだ」

「獣医です。ゆくゆくは自分の病院も持ちたいと思っています。借金をしてでも」

彼の目つきが明らかに変わった。未来の希望に目を向けたとき、人間は活力を取り戻すのだ。常住坐臥《じょうじゅうざが》、不躾な態度を崩さなかった夏輝だけれど、さすがに人の夢を笑うほど低俗な人間ではない。これに対しては、

「たいそうな情熱だな。一年生から志の高いことだ」

と賞賛の言葉を忘れなかった。取りようによっては皮肉に聞こえなくもないが、少なくとも僕はそうは感じなかった。この言葉は夏輝の本心だったのだろう。しかしながら、それを含んだうえでも彼には言っておかなければならないことがあった。

「いいか、岸本。よく覚えておけ。保護と過干渉は違う。人間が自然に積極的に干渉してしまうこと。あまつさえ、人間の世界に自分の都合で引き込もうとすること。いかなる理由があろうが、それはエゴ以外の何物でもない。窃盗と同じだ」

つくづく未遂で済んでよかったと僕は思った。もし、何かの手違いで卵が割れてしまったら？　人工孵化が失敗したら？　そもそも親鳥が帰ってきて巣に卵がないことに気付けば、これは悲劇以外のなにものでもないわけだ。そうなると目も当てられない。岸本くんは大きなトラウマを背負ったまま、それを誰にも言えずに学問を探究していかなければならなくなる。自己嫌悪の桎梏《しっこく》からは容易には逃れられないのだ。

鼻をすする音が夜の静寂に響いた。岸本くんだった。拳を握りしめ、歯をきつく食いしばり、とめどなく溢れ出てくるものを必死で抑え込もうとしている姿が痛々しい。

「夏輝……」

たまらず僕はレフェリーにタオルを投げ込むセコンドよろしく夏輝に声をかけた。けれど、夏輝はその鼻梁《びりょう》にピンと立てた人差し指を添えている。あの時と同じだ。彼には、まだ言わなければならないことがあるようだ。

「岸本！」

傷心の一年生に声をかけたのは、木佐貫さんだった。その声色は、優しかった。木佐貫さんは柔和な鹿児島訛りで諭すように続ける。

「夏輝くんから言われて気付いたよ。お前は真面目な男だ。だが、今回の一件は、その真面目さが祟《たた》って、一人で問題を抱えすぎたために起こったものだったんだな。俺はな、岸本。お前を誤解していた。いや、これじゃ嘘が混じるな。正直に言うとな、俺はお前に嫉妬していたんだ。自然とあたりが強くなっていた理由がやっと分かったよ。すまなかった」

木佐貫さんは言い終わるや、腰を直角に折り曲げて深々と陳謝の姿勢を作った。岸本くんは、潤んだ瞳を右往左往させ、急な展開にどうして良いか分からない様子だ。

「木佐貫さんが岸本くんに嫉妬？」

こういうとき、良くも悪くも発言できるのが僕という男である。

「そう、嫉妬だよ。俺はな、岸本。子どもの頃、獣医になりたいと思っていたんだ。動物図鑑なんて読み漁《あさ》ってな。ちなみに、あの卵はたぶんセキレイのものだ。どうだ？たいしたもんだろう」

「す、すごい！」

岸本くんは感激しているようだ。重苦しかった雰囲気が途端に華やいだ。抑揚の多い薩摩《さつま》の国の言葉は、素朴で温かみがあり、知らず知らず安心感を与えてくれる。

夏輝が何か言いたそうに口元をむずむずさせているので、僕が手で蓋をしておいた。もごもごと僕へ抗議する言葉を放っていたと思うけれど、知るもんか。

木佐貫さんはなお柔らかい調子で言葉を紡ぐ。

「だけど獣医学部が当時はまだまだ少なくてな。鹿児島にできたのだってつい最近の話だ。俺はこの地を離れられなかったから、それを諦めざるをえなかった。後悔はしていないつもりだったんだけどな。どうしても、その夢を叶えようとしている男を見て妬んでしまったんだ、すまない」

「そんなことが……」

必死に木佐貫さんの話に相槌《あいづち》をうつ岸本くんは、上司とバイトというよりも父親と息子のようだった。二人の間にあった溝は急速に埋まっていっている。そんなところに横槍を入れるのは野暮以外のなにものでもない。僕の押さえる手の力が増す。夏輝はしばらくふごふごと言っていたけれど、酸欠になったのだろう、分かった分かったとばかりタップした。

突然、木佐貫さんの口調が変わった。それは紛れもない仕事中のきびきびとした声だった。

「社員命令だ。お前はしっかり夢を叶えろ。そのために死ぬ気で勉強しろ。そして、人を頼れ。こんなことでいちいち思い悩んで授業に支障をきたすようなら、郷里の親御さんが泣いてしまうぞ。卵もみんなで見守っていけばいい。シフトも終わりだ、さっさと上がってレポートでも書きやがれ」

最後はほとんど浪花節《なにわぶし》だった。岸本くんの目にもう涙は溜《た》まっていない。

「はい、ありがとうございます！」

吹っ切れた様子で、事件の首謀者は走り去っていった。めでたし、めでたし。となれば良いのだけれど、そうもいかない。

「おい、木佐貫。なんで話を途中でやめやがった」

苛立った夏輝が、とうとう木佐貫さんまで呼び捨てにしてまくし立てた。

「すまないねえ、夏輝くん。抑えてもらって」

木佐貫さんは平身低頭である。うん？　僕は二人の会話に違和感を覚えた。二人の中にいつの間にか共通了解のようなものが出来上がっているらしかったのだ。

「岸本の証言で確信したよ。お前も気付いていたんだろう？　あの卵が孵ることはないってことに」

「ちょ、ちょっと待ってよ！」

まさかの事実に僕だけが飛び上がる。あの卵が孵ることはない？　どういうことなんだ。

「なんだ、お前。まだ気付いていなかったのか。気付いたからこそ俺の口を塞いだのだとばかり思っていたが……」

夏輝は呆れたようにゆるゆると首を振る。

「最初からそうじゃないかと思っていたんだ。岸本がバイトを始めたのが今月の初めごろ。そして今はもう四月も終わりに近い。いくらなんでも卵が孵らないという状況はおかしいなと思っていたんだよ」

はっとした。夏輝が家を出る前に呟いた「手遅れ」とはこのことを指していたのか。夏輝は溜まっていた推理演説の一端をさらに開放する。

「岸本は卵の発見時期がバイトを始めてすぐだと言っていた。また、卵の個数は三個だったともな。そして今しがた確認した通り、巣にある卵は三つのままだ。排卵期の鳥の巣に卵が追加されないというのはおかしいんだよ。さらに鳥の種類が判然としないということは、あいつ自身が親鳥の姿を見たことがないということになる。これだけの事実を並べてみるとはっきりすることがあるが……」

夏輝はちらりと木佐貫さんを見やった。木佐貫さんは困ったように短髪をばりばりとかきむしる。

「親鳥は死んでいる可能性が高いんだよ。自然界じゃそう珍しいことじゃない」

「そんな！」

さらりと告げられた真相の先に眩暈《めまい》がして膝を崩しそうになる。

「問題は、なんでそれをこの場で岸本に伝えなかったかだ。情熱や愛情だけじゃ救えない命だってある。あいつに立派な獣医になってほしいんなら、それを教えてやるのが筋ってもんじゃねえのかよ」

噛みつく夏輝を、木佐貫さんは「まあまあ」となだめてみせた。こっちはまるで子どもと大人である。

「これ以上あいつに重荷を負わせるのは性急だよ、夏輝くん。もちろん、分からせるべき時は必ず来ないといけない。でも、それは今日じゃない。彼はうちの大切な従業員でもある。部下の教育も上司の仕事のうちさ。あとはこっちで引き継ぐよ」

木佐貫さんは手をひらひらと振った。「今日は本当にありがとう。また店にきなよ。割引券、用意しとくからさ」

ちゃっかり営業トークを交えて、木佐貫さんは礼を言った。夏輝はまだ納得していない様子だったので、僕が大男の手綱を取らなければならなかった。僕たちは静かに店を去った。夏輝が腕力に任せて暴れるようなことは最後までなかった。

すっかり深まった夜道を歩いて、押し黙ってとぼとぼと帰路につく夏輝を振り仰ぐ。目が合った。もう彼の興奮は冷めてしまっている。

「当店のデザートの味はいかがでしたか？」

「ビターだね。でも、忘れられない味だよ」

僕は大きく息を吐いた。敵《かな》わないなと思った。

僕は意識的に考えることを避けていたけれど、やっぱり夏輝と清田先輩はねんごろな間柄なんだろう。なんとなくそんな気がする。

夏輝が恋敵になってしまえば、僕に勝てる見込みなんて皆無だ。問題を解決する能力しかり、プロ並みの料理の腕しかり。謎は解決して晴れやかではあったけれど、一匹のオスとしては暗澹《あんたん》たる思いである。

「なあ、おい。お前」

「なんだよ」

「その、つまり。あれだ」

別れ道につき立ち止まる。なにか言いたげに夏輝はもじもじとしている。大柄な体をくねくねさせているものだから、はなはだ不気味である。

「お前さ。また、家に来い！　美味い飯食わせてやるからよ。ただし、酒は持参すること！」

「ぷっ」

僕は思わずといった感じで吹き出してしまった。そのまましばらく笑い転げた。夏輝はみるみるうちに赤面し、気恥ずかしさから泣き笑いのような表情を作った。僕は慌てて、

「あんな美味い飯が食えるんなら願ったり叶ったりさ。また行くよ」

と付け足した。強張《こわば》っていた夏輝の頬がわずかに弛緩《しかん》するのが分かった。僕はなにをうじうじ考えていたんだろうか。こいつと友達になることに打算が入る余地などないのだ。

僕はぐっと手を伸ばした。改めて自己紹介といこうじゃないか。

「僕は小金井晴太だ。よろしく夏輝！」

夏輝は僕の手を覆い隠すようにごつい掌で包み込み、固く握った。

「俺は清田夏輝だ。よろしくな、晴太！」

夏輝が今日、初めて僕の名前を呼んでくれた瞬間だった。清田夏輝か。良い名前だ。清田夏輝、清田夏輝、清田……。うん？　待てよ。

「キヨタナツキ？」

思わず片言で繰り返す。夏輝は妖怪でも見る目で僕を見ている。

「あ？　どうした。俺の名前は清田夏輝だ。小春に言われなかったのか、俺が弟だってこと」

「えぇー!!」

謎解きの感傷が消し飛び、小金井晴太の絶叫が夜気を切り裂いた。

「まあ、そういうことだから。これからよろしくな、晴太！」

夏輝と連絡先を交換する間、僕は放心状態だったようで、意識が戻ったのは走り去っていくマッチョの後ろ姿を見送る段になってからだった。僕が帰りに酒を買い直し、結局、しみったれた味を堪能したのは言うまでもない。

幕間劇　その壱

「すまない、小金井三回生！　隠すつもりはなかったんだ」

　大学付近に林立する喫茶店の一つ『クロ』にて、僕から例の報告が終わった後で、清田先輩は開口一番にそう告げた。どうやら桜島が噴火した際のゴタゴタで、うっかり夏輝が弟であると伝えておくのを失念していたらしい。まあ、そのおかげで僕は夏輝と清田先輩との関係性についてあれこれと思い悩みはしたのだけど、それはこの際どうだって良い。些末《さまつ》な問題である。

　あの夜の出来事から二晩が明けていた。色々と考えたのだけれど、やっぱり僕には分からないことがある。何度も謝罪の言葉を述べる清田先輩をなんとかとりなして、僕はそれを思い切ってぶつけてみた。

「夏輝くんと僕を会わせた先輩の意図はなんなんですか？」

　そう、そこなのだ。夏輝は、確か自分の頼んだお使いを完遂したのは僕が初めてであるというようなことを言っていた。特に気にしてはいなかったのだが、後になって気付いた。逆に今まで完遂できなかった者たちは、おそらくは恋に打ち破れていった敗残者たちに違いないだろうと。

そうすると、清田先輩が男たちに課した無理難題の条件その一は「弟に会ってくれないか」ということになるだろう。けれど、清田先輩を射止めんと奮起した野郎たちが、なぜそうも簡単に身を引いたのだろうか。

そりゃあ夏輝は不躾だし、どうせ初対面にも拘らず、清田先輩に求愛した男たちに有無を言わさずお使いを頼んだのだろう。でも、これはちょっと引っかかる。なぜ、僕のようにぐっと堪《こら》えて彼の依頼に従う忍耐強い人間が今の今まで現れなかったのか。けだし、その理由は清田先輩が僕に伝えそびれた条件その二にあるのではあるまいか。そう推測したのである。

相変わらず古風な出で立ちの清田先輩は品のよい吐息を漏らすと、長髪を無造作にかき上げた。ちなみにこの所作は、僕の好きな女性の仕草第二位にランクインする振る舞いである。僕は暫時、狂喜乱舞しそうになる衝動を抑え込むのに必死であった。

「どこから話したものか……」

悩ましげな表情がこれはこれで良い。普段、強く気高く凛とした彼女だからこそ、弱っている様は魅力的に映るものだ。脳内の思考が変態じみてきているが、おおかたの男の脳内などどこんなものだ。それを表に出すか出さないかで、理性の度量が分かるってしもんだ。

清田先輩は逡巡し、一言「よし」と言ったかと思うといつもの調子に戻って滔々《とうとう》と語り始めた。

「私は生涯において、殿方を好きになるという感覚を理解した経験がない」

今なんと？　僕は冷めたコーヒーを吹き出しそうになった。慌てて周囲を確認する。ピーク時を避けた待ち合わせだったので、店内に人はいない。喫茶店のマスターは聞こえないふりをしてくれている。

「どういうことなんですか」

質問の答えには到底なりえない突然の告白に、僕は感情をぐちゃぐちゃに引っかき回されてぶっ倒れそうである。

そんな様子を見ておかしかったのだろうか、清田先輩は控えめに微笑した。

「笑ってくれてもかまわんよ、事実なんだ。恥ずかしながらな。私の実家は、女系家族でな。父上は存命だが、全国各地を飛び回って家にいたためしがない。上には姉が二人、母上と御祖母様《おばあさま》。そして……」

「夏輝が唯一の男子というわけですか」

清田先輩は首肯した。微妙に話が本筋に関係してきたが、まだ遠い。もう少し聞き役に徹してみる必要がある。

「厳しい家庭だったから、花嫁修業として幼少から色々と叩き込まれたものだ。もちろん、愚弟も一緒にな」

ははあん、夏輝の料理上手はここに端を発するわけだ。

「私は母の強い勧めで中高と女子高に進んだ。家でも学《まな》び舎《や》でも生活空間で女に囲まれていた反動だろうな。恋愛というものが本当に分からないんだよ」

さらりと先輩は続ける。仮に僕が男に囲まれた生活をしていて、男子校で過ごしていたら……。女性への免疫は今の比にならないぐらい低くなっていたことだろう。そんなことを思惟《しい》するとぞっとした。さもありなんというところだ。

先輩はハーブティーを優雅にすすっている。純和風の先輩だけれど、不思議と午後のティータイムも似合っている。それは生来の品の良さが為《な》せる業だろう。先輩は静かにカップを置くと、唐突に話を本筋に合流させてきた。

「私の愚弟もな、私とは違うベクトルで女系家族の煽《あお》りを受けた」

「夏輝も？」

「ああ、そうだ。私の家は代々続く商人の家系でな。清田の家名をご先祖様から父上にいたるまで守り抜いてきた。今現在、その清田家はある危機にさらされている」

僕はおでこをピシャリと打った。なるほど、そういうことか！

「つまり跡継ぎ問題の渦中にあると？」

清田先輩は眉根を寄せる。

「そういうことだ。ただでさえ、立て続けに三姉妹を授かったあとに産まれた待望の長男坊だ。次期跡取りとして大切に育てられたが、家には女しかおらんし、さらには日々のしかかる長男としてのプレッシャー。それがあいつを少しずつ内向的にしていった」

僕は夏輝という男の背景にある問題の大きさに言葉を失うほかなかった。跡継ぎの問題だとか、家名を残さなければならないプレッシャーだとか、そこで生まれる葛藤だとか、僕には想像だにできない。

「大学入学から一度も実家に顔を見せに帰っていないし、どうしているものかと心配していたが。たまたま自身の研究分野において大家の先生がおられるということで、私もこの地へやって来た。母上にも念を押されていたので、あいつの家を訪ねてみたのだが、まさか、あんなことになっているとは。女性ばかりか、人との接触を極力断ってしまうなんて。あろうことか、姉の私まで……」

かける言葉が見つからない。でも、逃げたくはない。逃げ出せないではなく、自分の意思で能動的に逃げたくはなかった。

と、突然、清田先輩は僕の手をとってきた。あまりの出来事に心臓が止まりそうになる。

「あんな男だが、やはり弟はかわいい。お願いだ、小金井三回生。あいつに、せめて人並みの交友関係を築かせてやってはくれないか。伴侶を見つけてくれなんて大それたことは言わない。対等に付き合える友人たちができれば、あいつも一歩進めると思うのだ」

先輩は僕の手をさらに強く握りしめた。心臓が耳のすぐ裏側に上ってでもきたかのように大音量で鼓動が響く。

「私のためにそこまでやることのできる殿方が現れたら、私は恋というものを理解するのだろうと確信している。だから……」

女性に手を握られ上目遣いでじっと見つめられる。僕が好きな女性の仕草堂々の第一位である。けれど、今はそんなランキングなんてなんにも関係なくて。忌憚ない言葉が自然と口をついた。

「夏輝はたぶん、人とのコミュニケーションの取り方が下手糞《へたくそ》なだけなんだと思います。暴言も、不躾な接し方も、他人との距離を詰めすぎるがゆえの結果なんですよ」

夏輝は、他人と知人と友人と、おそらくその辺をごっちゃにしているだけなのだろう。例えば、小金井くんでも小金井でもなく、いきなり晴太と呼んでしまうように。言いよどむ清田先輩に僕は告げた。

「さしあたり、僕が彼の友人第一号です。交友録がどこまで伸びるか、まあ期待していてくださいよ。心配しなくても、あいつは今でも十分、魅力的な男ですよ」

こうして、僕と先輩と弟夏輝の奇妙な三角関係は始まった。前途多難だが、平々凡々な生活に求めた刺激としては十二分である。どんな艱難辛苦も無理難題も多事多難も、どんとこい。この小金井晴太が迎え撃って進ぜよう。

第二幕

学生にとって悩ましい問題の一つに、半端に空いた時間をどうしようかというものがある。例えば、午前中に授業をこなして、次の授業まで一コマ空いているというようなケースである。三限目が空きコマになっていると昼休みも含めて優に二時間は手持無沙汰になる。

大学図書館で普段は読まない哲学書を読みふけり、そのあまりの難解さの前に敗北する。構内の植物園散策でにわか森林浴。他学部の講義に潜入し、得た専門外の知識を就寝前には忘れている。めったに使用されない会館の一室で堂々の昼寝などなど、僕はあらゆる暇つぶしをこの二年間でやりつくしてきたのである。

僕を含むサークル無所属の無頼漢たちは、部室というユートピアを有さない。おかげで、無為で無益な時間を非生産的な方法でもって大量消費する羽目になる。中には空いた時間を有意義にしようとパチンコ店に駆け込む猛者もいると聞くが、往々にして時間はおろか金を空費し放蕩《ほうとう》無頼《ぶらい》の道に片足を突っ込むのが関の山である。余談だけれど、鹿児島は人口に対してのパチンコ店の比率が全国トップらしい。どうりで、ちょっと歩けば判で押したような箱型の店舗が見られるわけだ。

しかしながら、今の僕は違う。こういうときに立ち寄れる場所ができたのである。

「で、なんでお前までここで昼飯食ってんだよ」

呆れたように夏輝が僕を見ている。

「いいじゃないか、減るもんじゃないし」

「食費が一人分多くなるんだよ！」

しごくもっともなことを言われながら、僕は軽く受け流して飯をかきこんだ。今日の献立はガパオライス。ピリ辛な味付けがたまらなく、スプーンが止まらない。

スーパーでの一件からこっち、僕は暇を見つけては夏輝宅を訪れるようになっていた。清田先輩の前で啖呵《たんか》を切った以上、こいつのことをもっとよく知る必要があると思ったのだ。まあ、酒に付き合ってくれる友人ができたことが嬉しいというのが本音だったりするのだけれど。

分かってきたことはいくつかあった。ひとつは、こいつが趣味であり特技でもある料理をどう捉えているのかということだ。持論だけれど、料理にハマる人間には二種類いる。とにかく美味い飯を食べることが大好きで、より美味い料理、自分好みの料理をと志向していった結果、手ずから作り始めたというタイプ。そして、もう一方は他人に振る舞うことに喜びを感じ、「美味しい」という一言のために頑張るというタイプ。

　僕の分析の結果、夏輝は明らかに後者である。さっきから文句をくどくどと垂れ流している夏輝に声をかける。

「これも最高に美味しいよ、夏輝」

「当たり前だろ、俺が作ってんだぞ」

　本心からの感想に、憎まれ口を叩きつつも、口角を上げてニヤリとほくそ笑む。あまのじゃくは彼の専売特許である。照れ隠しなのか、さらに悪態を続ける。

「ったく、しょっちゅうやって来てはタダ飯食っていくんだからな。酒の差し入れがあるから大目に見てやっているものの。仕方なく作ってやってるんだぞ？」

　こいつがウワバミかバッカスみたいに飲み干す酒代は僕がもっている。夏輝はザルで、そのことに無自覚だから、その額もバカにならない。けれど、僕はタダ飯を食べられて、夏輝はタダ酒を飲めるわけだから、わりにウィンウィンな関係性であることは確かだ。

　その証拠に、夏輝は不平不満は言うけれど手抜きをしたことは一切ない。それは今回も変わらない。

「でも、すごいよ。大学生が昼飯に作るクオリティじゃないって」

　白身がカリカリになった目玉焼きを潰して、黄身と具材を絡めた一口。辛みがマイルドになって後を引く。癖のある香辛料とハーブの爽やかな香りが、ザ・エスニックという趣で味に飽きることがない。

「そりゃあ、そうだろ。なるべく現地の味を再現しているからな。レシピ本なんか見るとひき肉を使うがあるが、あえて鶏肉を包丁で叩いて粗微塵にしてある。食感が残るから、俺は断然こっちの方が好きだ。タイ米を使っているから、具材との相性も抜群だ」

夏輝について分かったことがもう一つ。こいつは料理の解説が大好きだ。「仕方なく作ってやってる」と言うわりにはものすごい手の込みようだと思うのだけれど、あえて口には出さない。

「あ、そうだそうだ。おみやげがあるんだった」

美味な昼食を平らげ感謝の合掌をしたあとで、思い出したように僕は言った。

「なんだ、気が利くじゃねえか。そういうことは早く言えよな」

現金なやつだ。僕はバックパックから「おみやげ」を取り出し、夏輝の分厚い胸板に押し付けた。

「おい、なんだこれは」

あからさまに不服そうに眉根を寄せる。僕はにべもなく即応した。

「パンフレットだよ、パンフレット。江戸文学の先生がくれたんだ。図書館の展示ルームで企画展をやってるらしいよ。夏輝もどうだい？」

「あのなあ。おみやげっていうからカスタードの蒸菓子とかさつま揚げとかを期待したじゃねえかよ。行かんぞ、俺は」

僕の魂胆は看破されるまでもなく、あっさりと瓦解した。まあ、ある程度予想していたことだったのだけれど。

夏輝の家に入り浸るようになって数週間。こいつが不在だったことはほとんどない。生来の出不精なのだ。夏輝の交友録は僕のページで止まったままで、なんとかして外に連れ出そうとはするのだけれど、僕の試みは一向に奏功する気配がない。外に出なければ出会いもないわけで、これはどうにも病膏肓《やまいこうこう》に入った観がある。

なにせ、毎回の買い物ですら僕に頼む始末なのだ。大学の講義以外ではめったに外に出ない。人との交流は必要最小限。女系家族で育ったトラウマからか女性とやり取りする機会はさらに少なくなる。先輩が将来を不安がって僕を送りつけたのも無理はない。

それでいて、人に料理を振る舞う際には何にも増していきいきとするわけだから、その欲求はかなり屈折していると言わざるをえない。

それでも、僕はこの難題に挑み続けるわけだ。今回もけんもほろろな対応に折れることなく食い下がってみる。

「そうは言うけれど、今回の企画展はおもしろそうだよ。なんでも渡辺綱《わたなべのつな》にスポットを当てた絵巻物の展示だってさ」

「ああ、確か源頼光《みなもとのよりみつ》四天王の……。ゴーストバスターだよな？」

夏輝は、多少は興味を惹かれたようでパンフレットを眺めている。渡辺綱の大立ち回りがデカデカとプリントされた黒地のパンフレットはなかなかどうして迫力がある。正確にはゴーストバスターではなく妖怪退治なのだけれど。西洋と東洋の怪異に対する捉え方の違いを説明するとなるとその埋葬方法の違いから話す必要があり、面倒なので訂正はやめておいた。

代わりに首肯する。

「そうそう。レプリカとはいえ、この迫力や味というのは一目見ておいて損はないと思うんだよね。絵巻物だからストーリーも楽しめるしさ。対土蜘蛛《つちぐも》戦で見せた人形の奇策なんかは、それこそ妖怪退治ものとして完成された話だよ。昨今は妖怪ブームだし、どうだい？」

夏輝は腕組みをして考え込んでいる様子だ。お、これは手ごたえありかしら。

「絵には興味があるが、これは俺の好みとは違うな。児童文学の企画展なら行ってやってもいいぞ」

ずっこけそうになったが、まあこんなものか。本気か冗談なのか、人を食ったような返答だった。おおよそ、夏輝のガタイからメルヘンだとかファンシーだとかの絵柄は想像もつかない。たぶん冗談だろう。

一応、僕の誘いに歩み寄る姿勢を示しただけでも成長だと前向きに捉えることにした。

出会った当初の夏輝なら、なんで俺が絵なんぞ見なきゃならんのだテヤンデイ！　てなもんでパンフレットを叩きかえしていただろうから。

「時に晴太。お前、これからの予定は？」

洗い物をしながら、夏輝が問いかけてくる。

「四限の授業を受けた後のスケジュールは空白だよ。バイトも休みだしね」

「そうか、そうか。俺と同じだな。時に晴太。今日は何曜日だ？」

「金曜日だね。華の金曜日」

「なら、やることはひとつしかねえよな？」

結局、今日もそうなっちゃうのね。進展しない夏輝の交友関係だけれど、僕もいっぱしの酒好きである。宅飲みの誘いとあらば断る道理は微塵も存在しない。

「了解。今日も料理長のお任せで頼むよ」

今日も今日とて日が暮れてゆく。変わらない日常に二人で乾杯。そうなるはずだったのだけれど、思うようにいかないから人生はおもしろい。もちろん、このときの僕たち二人は、非日常の入り口がすぐそこまで迫っていることなど知る由もなかったわけだけれど。

◇

昼飯で腹が膨れたところに座学は大変に辛いものがあるが、なんとか気合いで乗り切った。東洋史学の鬼塚《おにづか》先生はテストがべらぼうに難解なことで知られ、鬼のオニヅカとして怖《おそ》れられている。単位取得のためには休むわけにもまどろむわけにもいかないのだ。他にも、単位取得が困難な先生として有名なのは哲学の真嶋《まじま》先生と中古文学の白河《しらかわ》先生。『鬼のオニヅカ、魔のマジマ、越すに越されぬ白河の関』との謳《うた》い文句は、文学部界隈ではある程度人口に膾炙《かいしや》している。

己の持てる集中力をあるだけ注ぎ込んだため、疲労困憊《こんぱい》のまま夏輝と合流した。今日の天気は快晴。幸いなことにまだ降灰もない。それでも、五月に入ってまた一段と強くなった日差しが、少しずつ夏が近づいていることを教えてくれている。降灰対策のキャップを深く被りなおす。

青々とした銀杏《いちよう》の並木道を二人して歩いて抜ける。吹き抜ける風が心地よい。この道も秋になるとそこら中に銀杏《ぎんなん》が落ち、踏まれてつぶれて、それはもう大変なことになる。

大学構内は多くの学部が入っていることもあり大変に広い。一年生の頃は教室を捜し歩いて右往左往したものであるが、今では散策を楽しむ余裕も出てきている。実際、近所の保育園の園児たちが散歩道としていて構内に入ることがままある。運が良ければ馬術部の馬が構内を闊歩《かっぽ》する様を見られるし、散策用の植物園もあるからうってつけなのだ。

「保育園の奴らか……」

中庭に差し掛かった折、夏輝がぽつりと呟いた。噂をすればなんとやらである。保育園の園児たちが、中庭の池を興味津々といった具合に覗き込んでいる。お揃いのスモックが汚れてしまわないか心配である。

「市内中心部の子にとっては貴重だよ、こういうのもさ」

「亀や鯉《こい》も生息しているしな。街中にも生きた教材があるってのはいいことだ」

僕たち二人は立ち止まって、はしゃぐ園児たちを黙然と見つめた。夏輝にも僕にも、こんな純粋無垢な時代はあったのかしら。悠久の昔に思いを馳《は》せて。かつては田園風景の中にあったらしいこの池も今では構内にある庭園の一部として同化している。まあ、そんな知られざる歴史を解説したところで頑是ない笑顔を振りまく彼らには伝わらないとは思うけれど。

しかし、夏輝が微笑ましく園児たちを見つめているのが意外だった。こいつのことだから「けっ、やかましいガキだ」くらいのことは平然と言ってのけそうなのに。子どもが好きなんだな。まだまだ夏輝に関して、僕は知らないことだらけである。

「一段と活《い》きがいいのがいるな」

夏輝の視線を辿ると、見つめる先には屈託のない笑顔で駆ける男の子がいる。今にも足をとられてしまいそうな危うさと、全力で外の世界を楽しんでいる純粋さとが同居している。「ああ、あの走り回ってる男の子ね」

どういうわけか、周りの園児たちの紺色とは違う、淡いイエローのスモックに身を包んでいる。

「さすがに保育士に同情するな。あの手合いは体力使うぞ」

分かったような口を利くやつだ。だが男の子をよく観察してみると、引率の保育士さんの死角に回り込むような動きをしているのが分かった。危うさを感じたのは、どうやらこのためのようだ。

予感は的中し、男の子は隙を見計らって中庭から飛び出してしまった。「あ！」と声を出したのもつかの間のこと、彼は僕ら二人に目線をしっかりと定め、なにやら興奮した面持ちでとてとてと駆け寄って来たのだ。

「ねえねえ、聞いて聞いて！」

夏輝の足もとで急ブレーキをかけると、ぴょんぴょんと飛び跳ねながら訴えてくる。大柄な夏輝と小さな男の子との高低差はえげつなく、よく怖がらないものだと僕は変なところで感心した。

「ダメじゃないか、先生から離れちゃあ」

夏輝はそう声をかけた。僕は本気で二度見せざるをえなかった。

膝を曲げてしゃがみこみ、男の子と同じ目線に立ってから、今まで聞いたことのないオクターブの高いあやすような口調でそう言ったのだ。なんということだろう。あの天上天下唯我独尊を地でいっていた夏輝が、よもやこんな甘ったるい声色を使えるなんて！

ショックで立ちすくむ僕を無視して二人のやり取りは続く。

「お名前は？」

「ケンタだよ、ケンタ！」

ケンタくんは言いたいことを繰り返すのが癖みたいだ。

「よし、ケンタ。お兄ちゃんと一緒に先生のところに戻ろう」

夏輝はなおも優しく諭す。でも、ケンタくんは何か不満があるようで差し出された夏輝の手を握り返そうとはしなかった。

「ヤダよ、ヤダよ。僕の言うこと聞いてくれないいんだもん」

「聞いてくれない？」

僕が言葉尻を繰り返すと、ケンタくんは話の通じる人がいたと思ったのか、不満げな表情をぱっと切り替えて満面の笑みである。

いもん！」

「そうなんだ、みんな僕をうそつきだって言うんだ。先生だって言うこと聞いてくれな

ケンタくんはもう一度、同じようなことを繰り返した。

「よし、お兄ちゃんたちに話してみろ。ちゃんと聞いてやるから」

既に一人称を俺からお兄ちゃんに華麗に変容させた夏輝がぱんと手を打った。どこで学んだのやら、やたらと子どもの扱いに慣れてやがる。

「うん！　えっとね、えっとね。僕、この前、パパと遊園地に行ったんだ！」

「へぇ！　凄いなあ、楽しかったか？」

夏輝の問いかけに、ケンタくんは目をらんらんと輝かせ、何度も首を縦に振る。一生懸命にお話をする彼に思わず頬が緩む。この辺で遊園地となると、おそらくは平川町《ひらかわちょう》にある遊園地のことだろう。動物園に併設された小さな遊園地だ。つい十五年ほど前までは、この鹿児島市内中心部にも別の立派な遊園地があったらしい。それも今は閉園し、跡地には商業施設が建設されて、連日の賑《にぎ》わいを見せている。ひとつ、疑問が湧いてきたので素直にぶつけてみる。

「みんなは何を信じてくれないんだい？」

今のケンタくんの話のどこに疑問の入る余地があるのだろうか。

「あのね、あのね。僕が、その遊園地に歩いて行ったんだって言うと、みんなうそつき

だって言うんだ」

　ピクリと夏輝の眉毛が動き、一瞬だけ怪訝な表情を作った。それもそのはずだ。ケンタくんの言っていることがうそっぱちだなんて僕も思いたくはない。けれど、平川町まで歩くとなると……。

「なあ、ケンタ。歩いて行ったんなら随分と疲れただろう」

　ケンタくん、今度はぶんぶんと首を振る。

「ぜーんぜん、へっちゃらさ！　すぐに着いちゃったよ！」

　そう言って得意げに胸をはった。刹那の逡巡も見せない即答だった。僕と夏輝は思わず顔を見合わせた。この子がわざわざ嘘をつくために見ず知らずの僕たちのもとへ駆けてきたとは思えなかったのだ。

「途中で乗り物に乗らなかったのか？」

　次いで夏輝が質問すると、やはりこれにも首を横に振る。ううむ、これはどういうことだろう。

　なぜ、僕たちがケンタくんの発言を解せないでいるのか。それにははっきりとした理由がある。平川町は、鹿児島市に属してはいるものの、市内中心部からはかなり外れたところに位置している。車でも三十分はかかる。これを歩いたとすれば、大人の足であっても三時間以上は優にかかる計算になる。これでは、どうやっても彼の証言と合わない。二人して首をぐにゃりと捻《ひね》っていると、遠くから声が聞こえた。

「こら！　ダメじゃないのケンタくん。私から離れちゃ」

好奇心旺盛なわんぱく少年の世話係が僕らのもとへ遅れて駆けてきた。動きやすい薄手のカーディガンを着た若い保育士さんだ。

「すみません、お相手していただいたようで助かりました」

言いながら保育士さんはケンタくんの手を優しくとる。お縄を頂戴したケンタくんは、観念したのか下を向いてしまった。

夏輝はというとさっきまでの態度を豹変させ、というかいつもの彼に戻ってぷいと顔を背けてしまった。目線も合わせようとはしない。女性へのこうした拒絶反応は清田先輩から聞かされていた通りだ。

「元気な子ですね」

夏輝の代わりに僕が返答する。保育士さんもにこやかな微笑を返してくれた。

「元気が過ぎてハラハラすることも多いですけどね。どうも、他の子と一緒の行動をとるのが苦手みたいで」

「ははは。分かりますよ、それ。人と違うことをしたいって気持ち」

「男の子ってみんなそうなんですかね。この前だって雨も降っていないのに、どこで覚えたのか狐《きつね》の嫁入りだ！　って大騒ぎしていて。まあ、東京から越してきたばかりで皆の気を惹きたいって気持ちはよくわかるんですけど……」

　そう言って困り顔を作る。そうか、だからスモックの色が一人だけ違っていたのか。

「お、ケンタ。お前も東京から来たのか！　お兄ちゃんと一緒だな」

　夏輝は再び、あやすような口調でケンタくんと接している。へぇ、こいつ東京出身なのか。とすると、この地は九州人の僕とは比べものにならないほどに未知の土地という趣なのだろう。

　夏輝の甲斐甲斐《かいがい》しい振る舞いもむなしく、捕まってしまったあとのケンタくんは先ほどまでの勢いを失ってしまい、すねたような雰囲気になっている。夏輝は軽く息をついた。

　しかし、どうなんだろう。ケンタくんの先の発言や、保育士さんからの証言。これらを全て彼が人の気を惹くための嘘と十把一絡《じっぱひとから》げにくくっても良いものなのだろうか。僕がそんなことを考えながら保育士さんと与太話をしていると、夏輝が横槍を入れてきた。

「仕事中だろ。あんまり長話をして迷惑かけんなよ、晴太！」

　あくまで夏輝は僕に向かってそう言った。保育士さんもはっとしたようで、僕らにぺこりとお辞儀をすると、ケンタくんの手を引いて踵を返す。

「じゃあな、ケンタ！」

　夏輝は去り際、大声でそう声をかけた。ケンタくんは振り向くとぶんぶんと手を振って戻っていく。わんぱく少年の強襲は不思議な余韻を残した。

「どう思う？」

「どうって……」

僕は言い淀んだ。夏輝も僕と同じように独特の気配を嗅ぎ取ったらしい。この胸騒ぎはあのときの感覚と酷似していた。そう、僕が西牟田さんに「詮索屋」だと非難されたあのときの……。

こういう場合、人間はこずるいやり方で片付けようとするものだ。

「それこそ、妖怪の仕業なんじゃないの？」

「あ？　お前、本気でそう言ってんのか？」

「ごめんなさい」

うなだれた僕はさながら萎《しお》れたヒマワリだ。いや、そんな上等なもんじゃないか。夏輝にとって、これは悪い冗談に違いなかった。

彼は興ざめしたとでも言いたげに大きく大きく嘆息した。

「理解し難い物事を前に、苦心して説明を用意し納得という言葉で疑問を打ち消していく。これこそが、学問領域を広げて発展させてきた人間の最強のメソッドじゃねえのかよ。俺はオカルトが嫌いだね、便利でずるい思考停止だ」

「それは聞き捨てならないね」

彼方《かなた》から聞こえる声に背筋がぞくりとした。振り返れば奴がいた。

「おわ!?」

僕の真横で大男がたじろく。無理もないだろう。僕は知人に向かって脱帽しぺこりと頭を下げた。

「久しぶり」

「小金井くん、ご無沙汰だね」

二木《ふたき》武明《たけあき》は、相変わらず大きなクマをこしらえた目でニタリと笑ってみせた。

◇

二木武明。ひとつの物事に没頭するタイプの人間が多い我が文学部においても異質な存在。常住坐臥ヨレヨレのジーンズを穿《は》く、というよりは腰にひっかけ、精気なく猫背で文学部棟を徘徊する様がいかにも危うい男である。僕は、なにも知らない下級生たちが、彼を〝文学部棟に出没するぬらりひょん様〟と畏怖の念を抱きつつ、あがめているのを知っている。

二木くんとは入学当初に知り合った。その頃は、彼も目を輝かせ大衆に迎合した学生らしい学生だったのだけれど、ある人物との出会いが彼を微妙に狂わせた。清田小春先輩である。

今春、清田先輩に一目ぼれした二木くんは告白すべきか留保すべきか潔く諦めるべきかの三択で、三日三晩悩み明かした。ここまでは誰しもが通る道である。だが、ここからが二木くんが唯一無二たるゆえんである。彼は悩みぬいた末に、本人曰く「哲学的厭《えん》世観《せいかん》」にさいなまれ、ろくすっぽ物も食わずに思考し続けた。そこで、霊の声を聞いたのだという。そこからの変わり身は早かった。

「僕、オカルト研究会に入ったから」

それまで青春を捧げていたテニスサークルから電撃移籍を果たしたのだった。

危険な印象を与えるけれど、別に特異な思想を持っているわけではない。単に不健康なのである。霊の声を聞いたというのも、それこそ睡眠不足による幻覚だか幻聴だかの部類だとは思うのだけれど、彼は認めようとはしない。

僕らの前に不気味にたたずむ二木くんを尻目に、僕は夏輝に彼の情報をかいつまんで話した。もちろん、清田先輩に惚《ほ》れたというくだりは名誉のために省略したけれど。二木くんは結局、清田先輩にアタックしなかったわけだから、『清田家のかぐや姫』から与えられる「条件」も「無理難題」も知りはしないのだ。世の中には知らない方が幸せなこともある。

「なるほど、ネジの外れた物好きか」

夏輝は僕の説明を身も蓋もない言葉で一蹴した。

「オカルトは思考停止なんかじゃない。是非とも訂正してほしいものだね」

対抗するように二木くんも詰め寄る。初対面のマッチョである夏輝にこれだけ突っかかっていけるのだから、二木くんのオカルト愛は本物のようである。夏輝も睨み返し、陳腐な表現だけれど、視線と視線が火花を散らす。

「てめえが何を正義にしようと知ったこっちゃねえがな。それを人にまで押し付けんなよ」

「押し付けてるんじゃない。僕は単に僕の正義を侮辱された件に憤っているまでだよ」

「徹頭徹尾オカルトを信用しないのが俺の正義だ」

「詭弁《きべん》だね、それは。そもそも妖怪変化の類に関しては井上円了《えんりよう》先生から続く立派な学問分野だよ」

「その井上円了大先生は、妖怪を信じてなかったみたいだけどな」

「うっ……」

痛いところを突かれたのか、二木くんの言葉が詰まった。

「ストップ、ストーップ!!」

このままだと殴り合いが始まりそうな雰囲気すらあるので、僕が仲裁に入る。双方とも芯が驚くほど太いので折れるということを知らないのである。まして頭に血が上った状態であればなおさらだ。子どもか。

気付けば、通行人が二人の剣呑《けんのん》でのっぴきならない雰囲気にあてられて野次馬と化しつつあった。

「衆人環視のなかでリアルファイトをやりたいのなら続けていいけど？」

僕の言葉に我にかえった二人は途端に赤面して丸くなってしまった。双方ともに社交的な方ではない。仲良くなってしまえば饒舌《じょうぜつ》なのだけれど。おや？　正反対なようで存外共通点が多いのかも。同族嫌悪、嫌よ嫌よも好きのうち。なんだかその辺の言葉がぐるぐると脳内を駆け巡る。

夏輝はむすっとして黙り込んでしまっている。一気に沈下したムードを察したのか、野次馬たちは三々五々散っていった。

まあ、とにかく話題を変えないと。

「ところで、二木くんがこんな時間に構内を歩いているなんて珍しいね」

一日の講義が終われば、一目散にオカルト研究会部室に向かい、そのまま籠って夜を明かすのが彼の習性のはずだった。そもそも授業以外の場所で邂逅するというのが珍しいのである。彼と会うのが「久しぶり」だったのもそのためだ。

「ああ、それがね。旧サークル棟を締め出されてしまって」

旧サークル棟とは公式サークルのうち、文化系サークルの部室が入っているサークル会館の通称である。日夜、オカルト研究会が怪しげな寄合を開いていたり、生物部が飼育する物珍しい生物たちの奇怪な鳴き声がたびたび響いたりと、建物自体の築年数の古さと相まってなかなかどうして不気味な雰囲気を醸し出している。その場所を締め出されたということは……。

「正規サークルから降格しちゃったの？」

「いや、そうじゃない」

二木くんはかぶりを振った。その反応の早さに、公式サークル所属というプライドの片鱗《へんりん》が垣間見える。

「さっき行ってみたらバリケードが張られていてね。おまけに入り口に大きく張り紙まで貼り出されていた。『本日、旧サークル棟への一切の出入りを禁じる』というね。大学事務局からのお達しのような記述まであった」

「学生のいたずらなんじゃないのかい？　だって本当に大学事務局が閉鎖をしたのなら事前に通達があってしかるべきだろう」

僕がそう言うと、二木くんは困ったように息をついた。

「まあ、十中八九学生の仕業なんだろうけどね。大学事務局の名前を騙《かた》られると僕たちは弱いんだ」

なるほど、そうかと合点がいった。とりわけ正規サークルの彼らは、大学側にゴマをすることこそすれ、反発するようなことはしないのだ。万に一つということもある。下手に事務局側に問い合わせをしようものなら抗議ととられかねない。

「ということは、今日はオフというわけだ」

「不服ながらね。大学当局の決定には絶対服従というのが僕たちのコンセンサスさ。活動資金を提供してもらっているいわばスポンサーだから当然と言えば当然だがね」

残念そうな表情を一緒に作ってあげるべきなのだろうけれど、僕の中にある妙案が浮かんだためにニヤリとほくそ笑む結果となった。

「じゃあさ、僕らと飲まないかい？　実はこの夏輝と宅飲みする予定だったんだけどさ。二人しかいなくて、人数を集めたいなと思っていたところだったんだ」

パンと手を叩き、できるだけ明るく提案する。

「おい、こら晴太。なに勝手なこと言ってんだ」

思った通り、夏輝が猛烈な勢いで口を挟んできた。

「いいじゃないか、袖振り合うも多生の縁と言うしさ」

「小金井くん。誘いはありがたいけど、歓迎されていないようなら僕は遠慮しておくよ」

夏輝の反応に、二木くんはゆるゆると首を振る。でも、大丈夫。妙案はここからだ。

「さっきの続きをやればいいんだよ。二人でさ。ちょうどおあつらえ向きに今しがた僕らが体験した議題だってある。『保育園児のケンタくんが本当だと主張する数々の発言の怪』というね」

　聞き終わるや否や血色の悪い二木くんの表情がぱっと華やいだ。気がした。

「し、しかしだな。ううむ」

　先ほどやりあった相手を家に招き入れて良いものかと夏輝は悩んでいる様子だ。この好機、逃してなるものか。

「だって夏輝、あの件に関して気になってるんだろ？　二木くんとの決着もつけられるなら一挙両得じゃないか」

「でもねえ」

　そう言って苦笑する二木くん。

「活動の一環だと思えばいいんだよ。今、僕らが聞いた不可思議体験を二木くんはどう解き明かしてくれるのかも興味がある」

　僕の、首を左右に振りながらの必死の説得は続いた。

「まあ、そういうことなら」

「しょうがねえな」

　やはり似た者同士である。さんざん逡巡した挙げ句、二人とも不承不承という雰囲気を精いっぱいに醸し出して了承してくれた。まったく、僕も中間管理職がなかなか板についてきたものである。

進展のなかった夏輝の交友録だけれど、思わぬところで光明が差しこんだ格好である。我ながら上手くやった方だ。まあ、夏輝が二木くんと意気投合できるかどうかに大きな疑問符はつけざるをえないけれど、夏輝が僕以外の人間を家に招き入れるというのは、それだけで大きな一歩なのではないだろうか。

ほんの一歩だが人嫌い偏屈マッチョにとっては偉大な一歩なのである。バーイ小金井ストロング。なんちゃって。これで清田先輩にも良い報告ができるし、ウハウハである。こうして、二人だけだった酒席に、二木くんが加わった。

◇

「なに、にやにや笑ってるんだよ」

助手席の二木くんが変態を見る目で僕を覗き込んできた。いけないいけない、またしても傾慕の鬼の顔が表出してしまった。最近、この顔を出す頻度が高くなっている気がする。

「いや、なんでもないよ」

運転中に考えごとは褒められたものではない。ハンドルを握る手に力が入った。ある程度、予想はしていたのだけれど、やっぱり夏輝は車のキーと食材リストが書かれたメモを僕に渡すと一人、先に帰宅していった。毎度のことで、すっかり夏輝の車の運転にも慣れたものである。成り行きで、二木くんも乗せ目的地を目指しているというわけだ。

ところで、あいつはこの車をいつ使っているというのだろう。出不精の夏輝に車は無用の長物だと思うのだけれど。

「わざわざ車を出すようなことなのかい。男子大学生の宅飲みなんて、出来合いの品をせせこましくつつくのがオチだろう？　大荷物になるとは思えないが」

二木くんは不思議そうにしている。

「さあ、それはどうだろうね」

僕は夏輝の料理を食べたときの二木くんの反応を想像した。不健康な彼には良い薬になるはずである。夏輝の料理は野菜もふんだんに使用するため、おかげでここ最近、僕の体調はすこぶる良いのだ。

買い出しの場所は決まっている。西牟田さんに木佐貫さん、そして岸本くんらが働く例のスーパーである。品揃えも良いため、僕はこの店の常連となっていた。

「お！　今日も来たね、小金井くん」

きびきびと如才なく動き回る木佐貫さんが律儀に声をかけてくれた。「また夏輝くんの買い物の代行かい？」

「ええ、毎度のことです」

僕は苦笑した。親切にも売り場まで案内しようかと提案されたけれど、混雑時につきっきりになってもらうのも悪いので丁重にお断りした。それに、僕は幾度となく夏輝のお使いをこなしてきたので、食材調達にも随分と熟達してきた。グラム単価の相場だとか、野菜の選び方のコツなどなど。すっかり堂に入ったものである。

「おいおい、そんなに買うのかい？」

カートを押しながら随伴する二木くんが驚いたように目を丸くする。まあ、そりゃあそうだろう。なにせ、僕が手慣れた様子でホイホイと食材を放り込んでいくのだから。

ちなみに本日のリストはこんな具合である。

【不足食材リスト】

イワシ

トマト

キュウリ

紫タマネギ

パンチェッタ（なければ生ハムでも可）

モッツァレラチーズ

松の実
レーズン
生パン粉
ニンニク
レモン
イタリアンパセリ
バジル
ディル
ローリエ
生クリーム（フレッシュ）
……etc.

何を作るのか、何品作るのかはやっぱり分からない。唯一分かっていることは、何ができようと絶品であるということぐらいである。最後に、まだ見ぬ料理に思いを馳せ、酒を購入し会計だ。

そういえば、今日は西牟田さんも岸本くんも見なかったな。お休みかしら。

「毎回、こんな感じなのかい？」

袋詰めに苦心しつつ、二木くんが言う。「こんなに買ってもてあますだけだと僕は思うのだが」

「それが大丈夫なんだなあ。安心していいよ」

なぜか自分のことのように得意げに胸をはる。夏輝の美味い料理に触発されて自炊に目覚めるかなと密《ひそ》かに期待していたのだけれど、相変わらず僕は男子厨房に立たずを地でいっていた。人間の本質など、そうやすやすと変えられるものでもないのだ。

「まあ、ビギナーの僕はお手並み拝見といくとするよ」

「こ、小金井先輩！」

聞きなれた声がした。聡明さを感じさせる眼鏡の奥に爽やかな微笑がこぼれている。

「岸本くん！　お疲れ様、今からバイトかい？」

「いえ、今日はお休みです。ごはんどきですから、何か買おうかと思いまして」

かたや、だぼついた服を着る二木くん。かたや、暑くなってくるとTシャツを数種類ローテーションするズボラな僕。くたびれた三年生にとっては眩《まぶ》しく映るのが新入生の気合いの入ったコーディネートである。七分袖のジャケットは、すらりとした体型の彼が着れば寸足らずの感は一切見受けられず、決まっている。また、黒スキニーのパンツも全体をすっきり見せて、均整のとれた印象を与える。

少なくとも僕らには、岸本くんのようなジャケットは似合わないだろうなということだけは理解できた。いいなあ、十代。もう永久に還《かえ》ってくることはないみずみずしい響き。

「先輩？　大丈夫ですか」

遠くを見つめる虚《うつ》ろな目をしていたのだろう、心配そうに岸本くんが覗き込む。

「あ、大丈夫大丈夫」

まさか君の若々しさがねたましかったなんて言えない。

「呼び止めたのは理由がありまして。夏輝先輩に会わせてください！」

「夏輝に？」

「はい、夏輝先輩に一言、お礼が言いたくて！　僕、木佐貫さんに聞きました。例の卵のこと……」

はっとした。そうか、木佐貫さん。時間をあけてちゃんと教えたんだ。救えない命の存在を。多くを語る必要はない。

「うん、もちろん。来なよ。ちょうど、これから二木くんと一緒に向かうところだったんだ」

「あ、ありがとうございます！」

「いいのかい、小金井くん。勝手に人数増やして」

二木くんが心配そうに耳打ちしてくる。

「いいの、いいの。僕が許す」

「全然、回答になってないな」

二木くんはそう言い苦笑した。まあ、初対面の人間でもないし大丈夫だろう。これが西牟田さんなら考えたけれど。いきなり女性を連れて行くのは、さすがにショック療法が過ぎるわけだ。

「手ぶらで伺うのも気が引けるので、何かおみやげでも持っていきたいんですけど、夏輝先輩が好きなものってありますか」

岸本くんからの問いかけに、それは酒だよと即答しそうになり慌てて口を噤《つぐ》んだ。彼は未成年だ。さすがに酒を買わせるのはまずい。

「品物はなんでもいいと思うよ。感謝の気持ちの方が大事だからさ」

先輩らしく取り繕う。

「それもそうですね、ありがとうございます。すみません、ちょっとだけ待っててください」

岸本くんは嬉しそうに踵を返し、勝手知ったる店の中へと入っていった。こうして僕たち一行に岸本くんも加わったのだった。

いつも一人での運転だったので、二人も同乗者が増えるとアクセルペダルが重くなるということを初めて知った。これで、僕もゴリゴリのペーパードライバーからサンデードライバーくらいには昇進できたかしら。

道中、二木くんと岸本くんはなかなか打ち解けたようだった。腰の低い岸本くんの姿勢は接客のときから寸毫《すんごう》も変わらず、二木くんの熱い怪異譚《かいいたん》にリアクション大きく付き合ってあげていた。どちらが上級生か分からないが、人間、好きなものについて語るときには自然と幼児退行して熱中してしまうものである。

夏輝の家の扉を開けたときの二人の反応は傑作だった。なにせ、彼らの眼前にはグラグラとたぎる鍋の湯気と高速でスクワットをする汗だくのマッチョの姿があったのだから。

最近、彼は乾ききった喉に流し込むビールの美味さを知ったばかりなので、毎度の宅飲みの前にはストイックに筋トレし、熱いシャワーを浴びてから調理に取り掛かるというステップを踏むのがお決まりになっていたのである。

「おいこら、晴太。今日は随分と勝手が過ぎるじゃねえかよ。なに勝手に人数増やしてんだ」

最初、行きずりの来客を見たときはそう言って悪態をついていた夏輝だったけれど、岸本くんが菓子折りを渡すと態度を一変させた。

「カスタードの蒸菓子か、気が利くじゃねえか。見たか、晴太。こういうのをおみやげって言うんだぞ？」

まだ昼間のパンフレットの件を根にもってやがったのか。案外、執念深いやつである。

「あの！　夏輝先輩。僕、先輩に助けてもらって、大事なことを教えてもらって、本当に感謝してます。今日はそれだけを伝えに来ました！」

若々しい真正面からの謝意の表明に少々面食らいながらも、夏輝は一言「おう」とこたえた。そして照れくさそうに広い背中を向けて、

「なに突っ立ってんだよ、お前ら。さっさと中に入れ、飯作ってやるから」

「そんな、申し訳ないですよ。急に来た僕までお呼ばれするなんて」

「いいからいいから」

玄関先から動こうとしない謙虚な後輩の背中を押す。「先輩の好意は素直に聞いておくもんだぜ、一年生」

「晴太の言う通りだぞ、大輔。二度は言わんからな。武明も遠慮せず入って待っておけ」

いつのまにやら岸本が大輔に、二木が武明に変わっている。僕はくすりとした。やっぱり、こいつ人に料理を作れるから嬉しいんだ。やけにもったいつけるけれど、夏輝の部屋の鍵がいつも開けっ放しにされているのは、来る者拒まずの精神が表出しているためなのだと僕は思う。

「お邪魔します、先輩」

「失礼するよ。夏輝くん……で良かったか？」

「ささ、二人とも座って座って」

「なんでお前が仕切ってんだよ！」

いつになく、夏輝宅はにぎやかになった。夏輝とのサシ飲みばかりだったから、たまにはこういうのもいいじゃない。

「あーあー、一人増えちまったから分量を変えなきゃいけねえな。忙しい忙しい」

恩着せがましくキッチンから声がしたけれど、僕は無視してテレビをつけた。二木くんも岸本くんも、幾分か恐縮が抜けてリラックスしてきたように見える。

「晴太！　先にそいつらに今日の一件について詳しく説明してやれ。昼からの出来事を細かく全てだぞ。持っている情報に差があったらフェアじゃねえからな」

なにやらフライパンをジュウジュウといわせながら、夏輝が叫んだ。確かに、それも一理ある。なぜか、岸本くんも巻き込まれた格好だったけれど成り行き上、これは仕方あるまい。待っている間は結構暇をもて余すからちょうど良い時間つぶしにもなる。

「これは全て、今日僕たち二人が体験した話なんだけどね……」

二木くんに触発されて怪談の導入のようになってしまったけれど気にしない。僕は今日の昼時の体験をなるべく丁寧に、関係ありそうなこともなさそうなことも遺漏《いろう》なく語って聞かせた。これがかなり骨の折れる作業となった。あまりに丁寧にいきすぎたため、東洋史学の鬼塚先生の講義の難解さまで情報に入れる始末だった。

全てを語り終えた頃、シェフ夏輝の声も響いたのだった。

「できたぞ、お前ら！　配膳を手伝ってくれ！」

気付けば、室内には美味そうな料理の匂いが充満していた。

「ちょっとこれは想像をはるかに超える出来栄えだね……」

二木くんが絶句し、

「すごいです、先輩！　なんて豪華なんですか！」

岸本くんが絶賛した。

まず驚くのはその品数である。今日は大小含めて五品が並ぶ。パスタが二種類出ていることから考えても、今回はイタリアンで食卓を統一してきているのは明々白々だった。

料理をコタツ机いっぱいにずらりと並べ、四人して車座になる。さっそくいただきたいのはやまやまなのだけれど、夏輝の欲求を満たすのを忘れてはならない。こいつは自分の努力の跡を振り返る料理の解説が大好きなのだ。

「これはなんだい？」

二種類のパスタのうちの一つを指さす。量はもう一方に比べて少なく、トマトの赤とバジルの緑が鮮やかだ。

「フレッシュトマトとバジルの冷製カッペリーニだ。冷凍庫でキンキンに冷やした皿に盛っているから先に食ってしまうことだな。前菜代わりってところだ」

岸本くんが思い切りゴクリと喉を鳴らす音が響く。我慢できないという様子で、彼はもう一種類のパスタを見やった。黄金色が大変に美しい。

「これはカルボナーラですよね」

「その通りだ。ローマ風だとか色々とあるが、今回はオーソドックスに卵黄と生クリームでソースの下地を作ってみた。パルミジャーノ、パンチェッタ、パスタそれぞれの塩気を絶妙なバランスで整えるのが結構難しいんだぞ」

今度は二木くんの腹が豪快な音を奏でた。

その後も彼はいつになく嬉しそうに次々と解説を重ねていった。

ただ、大変に申し訳ないことだけれど、後半の内容はあまり覚えていない。食欲が増進され続け、今か今かとそのときを待ち構えていたのだから当然といえば当然である。

とりまとめると、本日のお品書きは冷製カッペリーニにカルボナーラ、枝豆のペペロンチーノ風にイタリアンサラダ、そしてイワシのパン粉包みということらしかった。

「よし、説明はこのくらいにして。さあ、食うぞ！」

「うおー!!」

僕ら三人は異口同音にそう叫ぶと、飯へと飛びかかった。早々に冷製カッペリーニの皿が空になる。

「美味い!!」

これも異口同音に僕らは叫ぶ。料理人に美辞麗句は必要ない。とびきりの笑顔でシンプルな心持ちを伝えれば十分である。そう思うのは僕だけではなかったらしい。

夏輝はまだ料理には手を付けず、我先にと飯を頬張る僕たちを見ながら一足早くビール缶を口に持っていく。そして、美味そうに喉を鳴らし恍惚《こうこつ》の表情を浮かべた。一仕事終えた後のビールの味は無類である。僕は構わず冷製パスタを口へ運んだ。

夏輝が前菜にと言っていた理由が分かった。味付けはいたってシンプル。トマトとバジル、それにニンニクが素材の味を引き立てあい、つるりと平らげることができる。

「冷製パスタのこのやや酸味がかっているのはなんですか？」

岸本くんが「本当に美味しい！」ともう一度叫んだ後でそんなことを聞いた。

「お！　大輔、お前なかなか筋がいいな。隠し味に赤ワインビネガーを入れてある。前菜を想定して出してるからな。食欲も増進するだろう」

夏輝がいきいきと補足をした。なるほど、そんなところまで考えているのか。

「このイワシにくるまれているのは洋風に味付けしたおからかい？」

串に刺され、きれいに成形されたイワシのパン粉包みを頬張り、負けじと二木くん。

「お前、味覚大丈夫か？　そりゃパン粉だよ。レーズンや松の実と合わせてレモン果汁を絞ったな。だいたいイワシのパン粉包みだって言っただろ。話聞いてたか？」

美味そうな料理を前にお預けを食らっていたのだから、話を聞き逃しても仕方ないと僕は思う。

「うっ……」

二木くんが言葉に詰まったのを見て夏輝はさらに言葉を続けた。

「あのなあ。お前は一応、客人なんだ。気を遣って気の利いたコメントなんかしようとしなくていいんだよ。さっさと食え。そして、飲め。なんでもあるぞ！」

まだ棘《とげ》はあるけれど夏輝なりのフォローだろう。二木くんはまだ申し訳なさそうにもじもじしているので、こういうときは僕の出番である。いわばフォローのフォローだ。

「夏輝、僕は白ワインをもらうよ。冷蔵庫で冷やしておいたよね？　二木くんはなに飲む？　ビールでも焼酎でもなんでもあるけど。岸本くんはジュースでいいね？」

日を重ねるごとに、僕の持ち込む酒の量は増えていく。その都度、夏輝に「勝手にボトルキープしてんじゃねえ」とどやされるが、それでやめる僕ではない。今では夏輝の作る種々の料理に対応できる陣容ができあがりつつあるのだ。

まあ、夏輝はもっぱらどんな料理に対しても一杯目はビール、二杯目以降は芋焼酎と決めているらしいのだけれど。飲みあわせは特に気にしないようだ。現に今日も、早々に缶ビールを空けてしまうと芋焼酎へと移行している。

「じゃ、じゃあ僕は小金井くんと同じものをもらおうかな」

「すみません、僕はソフトドリンクでお願いします」

二木くんはまだ恐縮が抜け切れていないようだったが、酒が入ってしまえばそれも解消されるだろう。僕は二人のオーダーを聞き入れた。

時間を経て、ようやく宅飲みらしい雰囲気になってきた。格式ばった会ではなく肩肘を張らなくて済むので、次第に皆が能弁になっていく。そこに美味いアテがあれば、酒も進むというものである。夏輝も僕も二木くんも、思い思いのペースで杯を重ね良い気分。

それでは岸本くんはどうかというと、やはり十代の食欲は凄まじいものがあり、作りすぎかな？　と思える品々を気持ちよく胃に収めていった。それを肴《さかな》に夏輝もグラスを傾け酒を呷る。岸本くんが食べ、夏輝が飲む。その様は永久機関もかくやと思われた。

「あ！」

ガーリックの風味がよく出たペペロンチーノソースの絡んだ枝豆を口に入れつつ（合うな、これ）、すっかり忘れていた本題を思い出し僕ははっとした。「そろそろ、今日の議題について話さなきゃ」

頰を桃色に染めた二木くんも勢い込んで顔を上げる。

「そうだ、夏輝くんと決着をつけに来たのだった！」

「ああ、さっき小金井先輩が言っていた不思議な体験ですよね？　僕も真相を知りたいです！」

岸本くんだ。彼は夏輝の推理力を身をもって体験しているため、これから何が起ころうとしているかの理解は早い。

「俺はもう少し考えをまとめる時間が欲しい。武明からいってくれるか」

夏輝は相変わらず芋焼酎を呷りながらそう言った。今日もハイピッチである。

「それは構わないが。夏輝くんはそんなに飲んで大丈夫なのかい？」

二木くんは怪訝な表情で僕に尋ねた。この場はあくまで、日常で出会った不可思議な体験について、それをどう切り取って見るかを双方が提示するためのものである。オーディエンスは僕と岸本くん。夏輝が酒に飲まれれば、これほど興ざめなこともないのだけれど。

「ああ、大丈夫大丈夫。こいつザルだから」

夏輝に限って飲みすぎなんて言葉はないし、むしろこいつの舌鋒《ぜっぽう》は酒が入ることで鋭敏さを増す。二木くんに先行を譲ったのも尺稼ぎなどではなく考えあってのことだと断言できる。

「それならいいのだけどね」

二木くんは気を取り直したように空咳《からぜき》をひとつ。そしておどろおどろしい調子で語り始めた。

「子どもにしか見えない世界というのは確実にある。なにものにも染まらず純粋無垢な子どもだからこそ見える異形の存在はいるんだ。今回のケンタくんの不自然な二つの証言の裏にも、そんな非日常の世界の住人が絡んでいると見てまず間違いないだろう」

既に岸本くんが身震いしたのを僕は目の端で捉えた。さすがオカルト研究会で数多くの怪異譚を見聞して語ってきただけのことはある。抑揚の少ない淡々とした語り口も、定かではない事柄を断定する話法も、人の背筋に寒気を走らせるのに十二分だ。

彼はさらにいっそう話す速度を緩めて語る。

「保育士さんの話を思い出してくれたまえ。ケンタくんが狐の嫁入りだ！　と騒ぐのを見て彼女は、雨も降っていないのに不思議だと思ったそうだ。一般的に狐の嫁入りというのは天気雨のことを指す。けれど、狐の嫁入りの意味合いはそれだけに終始しないんだ。つまり、保育士さんの考える狐の嫁入りとケンタくんが見た狐の嫁入りは、まったく異なるものだったわけだ。ケンタくんは本当に見ていたんだよ、列を為す狐の集団を……」

ここで一呼吸、置く。

「狐の嫁入りの本来的な意味は三つある。本当に狐が婚礼の祝いに列を為すというもの。天気雨。そして、何キロも続く怪火を婚礼行列に見立てて、その根拠を化けギツネに求めたというもの。けれど、このセンは薄い。なにせケンタくんはまだ保育園児だ。怪火を見ただけで狐の嫁入りだと騒ぐのはちょっと考えられないからね。ここはストレートにケンタくんが見たものは野狐《のぎつね》の見せた幻覚で、以降、それに取り憑《つ》かれてしまったとする方が幾分か腑に落ちる」

　二木くんは不敵ににやりとした。見慣れた彼の顔だけれど、こういう語りの中にいるとやはり不気味で、僕でも怖気《おぞけ》をふるってしまう。

「キツネツキ、九州では野狐憑きとも言うが、鹿児島にもその言い伝えは確かに伝承していてね。このあたりだと喜入町《きいれちょう》に野狐憑きの伝承が残っているそうだよ。野狐に取り憑かれると、徐々に狐のような行動をとり始め、あらぬことを口走ったりする。せわしなく広場を駆けまわるケンタくんの姿。そして、遊園地に歩いて行ったとする整合性の取れない発言。どうだい、だんだんそんな気がしてこないかい？」

「の、野狐に取り憑かれると、その後どうなってしまうんですか？」

　おそるおそる岸本くんが尋ねる。

「あまり良くない結果になるな。放っておいたらね。大病を患うこともあるとされている。なにせ野狐は怪異。この世ならざる者と長い時間を共にしてしまえば、悪い影響が出てしかるべしだ。底知れぬ常闇に知らず知らずのうちに足を踏み入れ、気付いたときには、もう全身が闇に飲み込まれてしまっている……」

「ひっ」

　女の子みたいな声を上げて岸本くんが飛び上がった。二木くんはにたりと笑った。

「まあ、安心してくれたまえ。まだ、そこまで事態は進行していないようだしね。彼が遊園地に歩いて行ったという発言についてだが、これも何を見たのかというのは分かりそうなものだ。市内中心部、歩いて行けるような距離に遊園地は存在しない。今は、ね」

二木くんは、ことさら今はという言葉を強調している。

「何が言いたい？」

夏輝の問いかけに二木くんは即応する。

「その昔、与次郎《よじろう》には遊園地があったということは皆知っているね？」

これには、皆一様に頷く。

与次郎とは我らが学び舎から東側、ちょうど桜島の方角へと歩を進めた先にある町名である。錦江湾《きんこうわん》にほど近く、いつ訪れても吹き抜ける潮風が心地よい場所だ。与次郎とは、変わった名前だと思うけれど、その地に塩田を切り拓いた百姓の名前が由来となっているらしい。いつか役に立つかもしれない豆知識。

「ずばり、ケンタくんが見たのは、かつてそこに確かにあった風景だったんだ。今はなき与次郎の遊園地を野狐が見せたのだと僕は思うね。そして、安心しろと言ったのもこのためさ。まだ、その程度の化かしなら、野狐がイタズラをしたぐらいの感覚で見ていいだろう。ケンタくんに大きな実害は発生していないからね。ただ、この先どうなっていくのかは僕にだって分からない。あるいはそれがエスカレートしていくということも……」

いわゆる怪異譚の恐ろしいところはオチらしいオチがないところにある。作り話特有のよくできたオチというのは、確かに怖がられはするのだけれど創作の観が強く現実味がない。だから、むしろ彼の話はリアリティを増すのである。冷静に分析しているようだけれど、僕だって怖いものは怖い。夜に二木くんと行動を共にするもんじゃない。彼が語ると心の臓をぎゅっと握りしめられたような底気味の悪さを感じる。

夏輝は沈黙を貫いている。まんまと震え上がっているのは僕と岸本くんだけだ。

「ケンタくんがこれからどうなってしまうのかは分からない。分からないというのは恐ろしいことだ。可能性は無限に広がるからね。でも、これだけは動かぬ事実。ケンタくんは、周りの子どもや大人でさえ理解できないような整合性の取れない発言を繰り返した。今となっては、僕らが信じられるのはこれだけだよ。信じるか信じないかは、君たちの勝手だがね」

二木くんは話を終えると、グラスに残ったワインを豪快に呷って空にした。

「悪いことは言わない。知り合いに祈禱師《きとうし》がいるんだ。ケンタくんのために掛け合ってみるにやぶさかではない。散歩でたびたび大学を訪れるなら、ケンタくんとのコンタクトも取りやすいしね。僕からはこんなところだね」

満足したのか、白い歯を見せる。本人は満面の笑みを浮かべているつもりなのだろうけれど、話を聞いた後では悍《おぞ》ましげとか、おっかないといった言葉を充《あ》てるのが妥当だろう。もっとも、これは彼にとっては褒め言葉である。

「な、夏輝先輩！」

すがるような視線を投げてきたのは岸本くんだ。「本当にケンタくんは野狐に取り憑かれているとでも言うんですか⁉」

真剣な口調だった。真相を明らかにすればこの悪夢からも覚めることができるんです、ケンタくんを救ってあげてください。僕にはそう言っているように聞こえた。

三人の視線が自然と夏輝に収斂していく。期待と疑念と挑戦と。三者三様の思惑入り混じるそれらを一身に背負って、夏輝は口を切る。

「材料は全て揃っている」

打ちつけにそう言ってのけた。皆の背筋はこの一言でぴんと伸びきる。

「ところで大輔、武明。飯は腹いっぱい食ったか？」

二人の目が点になった。同時に、間の抜けた「へ？」という声が漏れる。人知れず僕だけがほくそ笑んだ。夏輝のよく分からない問いかけに戸惑いながらも首肯する。

「それは良かった」

ゆっくりと夏輝は頷くと大きく息を吸い込んだ。

「夏輝。ということは？」

僕は興奮気味にせっつくが、夏輝は慌てるなとばかり手で制した。心配ない。子どもにしか視えない世界があるように、夏輝になら視える世界もまたあるのだ。

「今日の食卓にはデザートを作っていない。これじゃ締まるものも締まらんだろう」

前口上の始まりは、彼が真相を探り当てたことと同義である。もってまわった言い方をするのはご愛嬌といったところだ。

「デザート代わりに解決編はいかがですか？」

夏輝は二木くんのそれに対抗するように不敵ににやりと笑った。はてさて、今日はどんな味がするのやら。できればビターは避けてほしいものだけれど。

◇

「重要なのはケンタが何を見たのかということだ」

開口一番、夏輝は言い放った。

「お言葉だが夏輝くん、そんなこと僕たちは百も承知なんだけどね」

二木くんがなにを当然のことをと疑問の矢を放つが、それは夏輝にとっては予定調和のようで、

「何を見た結果、『狐の嫁入りだ』『遊園地に歩いて行った』という発言に繫がったのかが重要だとそう言ってるんだ」

すぐに換言してみせた……のだけれど。僕と二木くんは一様に小首を傾《かし》げている。彼が何を示唆しているのかを図りかねているのだ。答えを出せない僕たちに痺《しび》れを切らしたのか、夏輝はさらに付け加える。

「要は、ケンタが見たものが本当に、狐の嫁入りを想起させる何らかの現象と遊園地だったのかということだ」

「はあ？」

不意を突かれた僕と二木くんが声を漏らした。夏輝は、いつも思いもよらない角度から斬りつけてくる。議題を根本から覆すともとられかねない夏輝の発言に、反射的に出た反応だった。

「そんなことをせこせこと考えてみたところで、問題は空転したままだろうに」

二木くんだった。当然の疑問だろう。だが、冷静にかえってみれば夏輝がそんな馬鹿な真似をするはずがない。ということは、つまりこれも彼なりに話を効果的に進め、推理に蓋然性を付与するための手練手管なのだ。

夏輝の誘いにのったのはやはり岸本くんだった。

「それは、いわゆる枯れ尾花というやつですか？　つまりはケンタくんの見間違い」

なるほど、「幽霊の正体見たり枯れ尾花」か。ない話でもない。

「惜しいな、大輔。見間違えというのは、例えば夜に見た枯れ木の影を幽霊だったと思ってしまう類のことを指す。今回は少し違う。ケンタの思い込みなんだよ、全てな」

「僕はその句、嫌いだね」

まったく関係のないところで二木くんが腕を組んでふてくされた。ああ、そうか。幽霊全否定は彼の本意ではない。

「まあまあ、言葉のあやだからさ」

と適当なことを言ってなだめておいた。

単なる見間違いだったで済めば話は楽なのだけれど、こういう風に言われると余計に頭がこんがらがってくる。酒のまわりはほどほどだったのだけれど、頭痛めいたものが襲ってきた。どうも、込みいった話を整理するのは苦手である。

夏輝は焼酎をさらにおかわりし、それで口元を湿らせた。探偵の飲む酒といえばバーボンと相場が決まっているけれど、かごんまの探偵は一味違う。芋焼酎をオン・ザ・ロックだ。これはこれで渋くて良いのではないだろうか。

「ここでポイントになるのは、ケンタが東京から鹿児島に越してきてまだ日が浅いということだ。時に、お前ら。今は一人暮らしか？」

全員が首を縦に振る。

「皆一人暮らしか。ということは俺も含め、俺たちは全員、県外生ということになるな。晴太、武明。一年生のときのことを思い出してみろよ。この地へやってきて一年目、それも春先だ。大輔は今まさにだろうが、驚きの連続だったんじゃないか？」

「でも、それと真相とがどう結びつくと言うのさ」

答えよりも先に疑問を口にする二木くん。しかし、夏輝はまったく慌てる素振りもない。

「そう焦るなって、武明。物事には順序ってもんがある。料理と一緒だ。ばらばらの食材を一つの完成形へと、それも完璧に近い形で収束させていくには手間暇がかかるもんさ。これはまだ下準備の段階だ。本調理はそれが終わってから」

以前もそうだった。酒が入って推理を開陳する際の夏輝はどこか虚心坦懐《きよしんたんかい》だ。口の悪さも和らいでしまう。それは察するに推理と料理の工程が似通っているからなのだろう。そして、彼はこと料理に関しては真摯で紳士的だ。彼の推理が微に入り細を穿《うが》つのも無理からぬ話である。

「どうだ、どんなことに驚いた？」

岸本くんが口火を切った。

「火山灰専用の黄色い克灰袋《こくはいぶくろ》がポストに入っていたのには驚きましたね。噂には聞いていたけど、そんなに凄いのかって。僕の住んでた自治体はゴミ袋の値段がとにかく高くて、よく母親が文句を言っていましたから無料配布というのにもビックリでした」

「あー、岸本くん、それ分かる！」

二年前、そういえばそんなことを思っていたなと懐かしさを覚えた。今ではもう当たり前の風景になっているのだけれど。僕も続いてみる。

「あと、福岡生まれの僕にとっては、ラーメンの付け合わせに大根の漬物ってのは最初は違和感あったよね。辛子高菜に慣れてたからさ」

これに二木くんも反応した。

「そういうことなら、僕も温泉の熱さには驚いたよ。すぐのぼせてしまって長風呂ができるようになるまでに随分とかかったさ」

こうなると、もう止まらない。

「分かります、それ！　あと、温泉がありすぎて街中に洗面器を持った人をたくさん見かけるんですよ。あれも不思議な光景ですよね」

岸本くんが身を乗り出して即応した。

「同感だね。それと何と言っても芋焼酎だよ。大学教授と会食して水割りやお湯割りを作るときなんかすごく気を遣う」

腕を組み、うんうんと頷く二木くん。どこのゼミでもある悩みなんだな、これは。僕にも思い当たる節があったので、補足する。

「人によって焼酎を先に入れるのか、水を先に入れるのか、お湯は後入れかなんかが違うんだよね。こだわりを把握してなくちゃならないからさ。しかも、水割りの場合は焼酎先入れ派だった人が、お湯割りだと今度はお湯を先入れ派に鞍替《くらが》えしちゃうわけ」

「へぇ、上級生は大変なんですねぇ……」

感嘆したように声を上げたのは、ゼミ未所属の一年生だ。

「また色々と教えてあげるよ、岸本くん！」

後輩の肩にポンと手を置き、先輩風を吹かせてみた。

夏輝は、そこまでは求めていないといった様子でわざとらしく咳払いした。いけない、いけない。つい鹿児島のあるあるネタで盛り上がってしまった。僕たちは口を噤む。

「色々と経験を積んで新体験の減ってきた俺たちでさえそうなんだ。保育園児のケンタにとってみれば、この地で見るもの全てが新鮮で、驚きの連続だっただろうことは想像に難くない」

「僕らにとって当たり前のことが彼にとっては当たり前ではないと言いたいんだね？　そうであれば、一年生の頃にこの地へ来て驚いたことという話題を振ったのも納得できる」

怪異譚によるウォーミングアップが終了したからか、はたまた夜型の彼本来の時間帯に差し掛かってきたからなのか、二木くんがいつになく饒舌に切り返す。

「無論だな。時系列に沿って考えていくぞ。まず、ケンタはなぜ晴れているにも拘らず『狐の嫁入りだ』などと発言したのか」

「ふつうは、天気雨という光景を見て発する言葉だよね。狐の嫁入りって」

などと分かったような口を利いてみる。

「そう、ふつうはな。ところで、お前ら、ちょっと雨の風景を頭に思い描いてみろ。晴れているときにはない何かが思い浮かぶだろう?」

食欲の化身たる男子大学生の襲撃により跡形もなく消え去った豪奢《ごうしゃ》な料理の数々。残るは主を失った容器のみ。僕は空の皿をぼうと見つめながら考える。しとどに降りしきる雨。水たまりの上を車が通り、飛沫《しぶき》を上げる。道行く人は皆一様に早歩きで、そして……。

「傘だ!」

三人はほぼ同時に答えをはじき出した。夏輝はこくりと首肯する。

「傘をさして歩く人々。今しがた確認した通り、雨と聞いて多くの人間が連想するのは、これだ。言わば、これは雨の景色の象徴なんだ。ケンタが、もしそういった風景を見ていたのならば、たとえ晴れていようが、雨を想起したはず。そして、そこに快晴の空が加われば、『狐の嫁入り』というワードが口から飛び出しても不思議はない」

「なるほど! でも、夏輝先輩。それでは、どうして周りの園児もこれに同調しなかったのでしょうか？　彼は言ってたんですよね、皆からうそつき呼ばわりされるんだと」

もはや好奇心の権化と化した岸本くんが真っ先に質問を浴びせる。机から身を乗り出し前のめりに目を輝かせている。早く推理の先を聞きたくてたまらないといった趣である。こういう後輩は、かわいがりたくなるのが先輩の性《さが》というものだ。文学部は一部のコースを除いて男子は少ないのでなおさらだ。

「ほら、かわいい後輩が言っているよ。夏輝先輩」

僕はおちょくるようにそう言った。夏輝は鼻を鳴らすとグラスに残った焼酎を一息に飲み干した。こいつ、どうも照れ隠しに酒を呷る癖があるようだな。タンクトップから剝《む》き出しのごつい筋肉からは想像もできないほど、こいつの神経は細くシャイなのである。

「答えは実に平易なものだ。それが鹿児島に住む人々にとっては何ら不思議のない日常の風景であったから」

そう言ってから、夏輝は僕に水を向ける。

「そういえば、晴太。お前、外に出る時はいつもキャップを被っているよな。よほど気に入ってんだろ？」

夏輝は先ほどの意趣返しとばかり、おちょくるように言ってきた。僕は憤慨した。

「キャップが似合わない顔立ちなのはよく分かってるよ！　でもしょうがないじゃない

か、いつ灰が降ってもいいようにしてるんだから！　髪に火山灰が降り積もるのは、どうしても我慢ならないんだよ！」

僕が吠《ほ》え終わるや、岸本くんが「あー！」と頓狂な声を上げた。二木くんも腕組みし、「それは気付かなかった」と感心している様子だ。皆さん、いったいどうしたというんだい？

「大輔、武明は何かに気付いたみたいだな。たぶん、正解だ。まだ気付けない晴太のために教えてやるか」

夏輝はやれやれとばかり短髪をばりばりとかいた。

「火山灰だよ、火山灰。この地で暮らしていりゃあ、嫌でも目にする。降りしきる灰への処世術として、雨の予報でもないのに傘を携帯している通行人をな。そして、雨が降っているわけでもないのに傘をさして歩いている人間もだ。つまり、ケンタが見たのは、降灰があったある日の風景。晴れているにも拘らず、傘をさし火山灰をやり過ごす通行人の姿だったんだろう。それを例えば、保育園の教室の中から外を眺めていた時に目撃したとすればどうだ。ない話でもないだろ」

「な、なるほど……」

思わず僕は唸った。屋根の下にいるわけだから、雨は降っていないということに意識が向かないというのも、あれぐらいの年齢の子どもにならぬ通らぬ道理ではない。

「夏輝先輩、では『遊園地に歩いて行った』という発言については、どういう見解で？」

まるで汚職事件について追及する記者みたいな語り口で、岸本くんが最後の一押しをかけた。夏輝は莞爾《かんじ》として笑った。

「構造としては、狐の嫁入りと一緒だ。ケンタが見たのは、あいつの中で遊園地を象徴するものだったんだ。じゃあ、お前らに最後の質問。遊園地と聞いて何を連想する？」

「お化け屋敷」

と二木くん。

「ジェットコースター」

これは僕。

「観覧車」

最後に岸本くん。夏輝は全ての発言を聞いた後で今日一番の笑みを見せた。

「ほら、もう答えは出てるじゃねえか。鹿児島市内中心部にも存在するアトラクションが一つだけあるだろう」

そうか、そういうことか。

「鹿児島中央駅の巨大観覧車か！」

夏輝は大きく息をつき、オーケーサインを作った。

「よくできました」

鹿児島市中央町。まさに市内のど真ん中に据えられた鹿児島中央駅。今なお急速に発展し続けるこの街の象徴であるこの駅には、複合施設および多くの関連施設が併設されており、週末にはイベントステージで多くの催し物が企画されるなど、連日、大した盛況ぶりを見せる。その中にあって、ひときわ目を引く存在。それが最大高九十メートルオーバーの巨大観覧車なのだ。その存在感たるや凄まじく、鹿児島市内で道に迷ったのなら、とりあえず観覧車を目印に進めば良いというジョークが通じてしまうほどなのである。

「おそらく、ケンタはこれに父親と一緒に乗ったんだろう。鹿児島市内を一望できる素晴らしい眺めがケンタの心をわしづかみにした。観覧車に乗ったというだけで、遊園地に行ったと言えてしまうくらいには」

僕が後に続く。

「けれど、遊園地と聞くと、この地に住む人間ならばまず真っ先に平川町の方を思い浮かべる。だって、鹿児島中央駅の観覧車は、あくまでも鹿児島中央駅を象徴するアトラクションなんだから」

だから、誰も彼の話に聞く耳をもてなかった。純真な子どもの心だからこそ、日常という常識に浸かってしまった僕らでは視えないものを視る。彼はうそつき少年なんかじゃなかった。ただひたすらに純粋無垢で、あらゆることに新鮮な感動を覚えることのできる、素晴らしい感性をもった子どもだったのだ。

「どうだ、武明。これを聞いても、まだケンタのことを思って祈禱師に電話を掛けてくれるというのなら止めはしないが」

二木くんは観念したかのように嘆息すると、ゆるゆると首を振った。

「やめておくよ、恥の上塗りはしたくないんでね。降参だ、夏輝くん。今日のところは勝ちを譲るとするよ。変な不安感を煽ってすまなかったね、みんな」

無理に失策を糊塗《こと》しようとせず、非を認められる芯の強さ。学部生の中には外見や雰囲気から彼を敬遠する者も多いけれど、これがあるから僕は彼を嫌いになれない。

「いいんだよ、二木くん。そこに悪意があったなんて微塵も思わないからさ」

「凄いです、夏輝先輩！　この謎も解いてしまうなんて」

尊敬の眼差《まなざ》しを夏輝に向け、岸本くんは感心しきりである。

「ちくしょう、頭を使ったから酔いがさめちまったじゃねえか。おい、晴太。飲みなおすぞ」

「まだ飲むの!?」

「いいねぇ、夏輝くん。僕ものったよ。話題はそうだなあ。旧サークル棟を封鎖したのはいったい誰だ、とかどうだい？」

「のったぜ、武明！」

ぽっかりと出現した非日常の扉は、夏輝の手によって閉じられていった。鹿児島の長い夜は、こうして今日も更けていく。岸本くんは明日の朝が早いからと片付けを済ませて辞去していったが、成人したアダルティな三人はそれからも杯を重ねた。今回、僕らは人助けをしたわけではない。でも、今日のこの場が無意味であったとは思えない。

夏輝の交友録に新たなページが刻まれた記念すべき日なのだ。僕は彼の友人として、その事実を素直に嬉しく思った。

◇

賢明なること大久保利通のごとき紳士淑女諸君は、旧サークル棟の話はどうしたのだと指摘するだろうが、心配はご無用だ。この話にもしっかりオチがついた。

「タタタ、タランチュラが逃げ出した!?」

「そうなんだよ、どうもね。今朝からその話題で持ちきりさ」

二木くんがさも愉快そうに言った。彼の話によると、昨日、大学事務局の名を騙ってサークル会館を封鎖したのは生物部なのだそうだ。ペットとして所有していたタランチュラが逃げ出してしまったため、それはもう上を下への大騒ぎだったらしい。一晩に及ぶ大捕り物の末、無事にタランチュラは何の被害も出さずに捕獲され、バリケードも今は撤去されているという。

「でも、すごい行動力だね。生物部も」

「当たり前だろ、タランチュラが逃げ出したのが学校にばれれば、そりゃ大問題だ。下手すりゃ正規サークル降格もありえるからね。なりふり構わず必死になるのも無理ないよ」

「生物部一同にとっては生きた心地がしなかっただろうね」

気の毒だが、話を聞くと自然と笑いがこぼれた。サークル無所属ゆえ、こういう学生間で流布するゴシップの類は、なかなかどうして新鮮でおもしろい。

「どうでもいいがよ。なんで武明がまたウチで飯を食ってんだよ。アポイントメントもなしに」

夏輝が不機嫌そうにパスタを口に運んでいる。昨日の宅飲みを機に、彼は本格的にパスタにハマったようである。しばらくは献立に種々のパスタ類が並ぶことになるだろう。今から楽しみである。

二木くんはあっけらかんとした様子で応じた。

「なにを言ってるんだい。昨晩、夜通し議論しても答えが出なかった問題の解答を報告しに来ただけだよ、むしろ感謝してほしいくらいだね。それがたまたまお昼どきに重なったというだけじゃないか」

「お前、狙ってやったんだろ。この野郎」

文句を言いつつもきっちり三人分を用意するあたりが夏輝らしい。二木くんも彼の転がし方が分かってきたようである。お互いに好戦的ではあるけれど、不思議と見ていてハラハラしない。

「しかし格別だな、君の料理は。五臓六腑に染みわたるとはこのことだよ」

「当たり前だろ。武明、お前は不健康に痩せすぎだ。ごたくはいいからさっさと食ってもっと太れ！」

目に見える真実だけを視つめる夏輝と目に見えない怪奇を視ようとする二木くん。決して交わるはずはなかった二人が、謎を介してバッティングした。この二人から今後どのような化学反応が生じるのか。それが現今の僕の密かな楽しみだ。

幕間劇　その弐

久方ぶりに訪れた天文館を進む足取りは重かった。

天文館通り。通称「天街《てんまち》」は、大型のアーケード通りとその周辺の歓楽街を指す総称であり、昼夜問わず人の往来は激しい。よくこの街をふらふらしていると「天文館はどこですか？」と観光客風の人が尋ねてくるので困ってしまう。なまじ島津藩主が建設した天文の研究施設の名を拝借しているものだから、「今まさにあなた方がいるこの通り一帯が天文館なのです」ということを懇切丁寧に説明しなければならないわけだ。

僕は、目下その中心部を闊歩中だ。まだ明るい時間帯なので、大通りには買い物袋を手に提げた若者が目立つ。

わざわざ路面電車に揺られ、この街を訪れるのだから当然にして目的はある。だから、今回は多くの同世代たちが心躍らせるお洒落《しやれ》にディスプレイされた種々の商品にも、もう数時間もすれば活気が出てくる情緒ある飲み屋街にも、僕の興味は向いていないのだ。かといって何か負い目を感じるようなことをしようと目論んでいるわけでもない。僕にはそんな度胸はない。というか、むしろ本来の僕なら有頂天になってしかるべき案件で、つまりは清田先輩との密談に向かっている最中なのである。

じゃあなぜ僕の足取りは重いのか。それは、彼女が指定してきた会合場所に問題があった。早歩きの僕の足は、ある店の前で止まった。眼前には、本物のシロクマの剝製が威風堂々とその巨体を誇示している。

既に店前には長蛇の列がずらり。まあ驚くことはない。鹿児島の人気店なのだから、むしろ必然の光景である。

南国鹿児島で甘味といえば、かき氷と相場が決まっている。練乳をたっぷりとかけ、フルーツや寒天をわんさと乗せたこの地を代表するスイーツ。その元祖をいくこの店が、本日の目的地である。

「小金井三回生、すまない。待ったか」

待ち合わせ時間ぴったりに現れた清田先輩は、いつもより心なしラフな出で立ちで、ひらひらと手を振った。今日は大学の講義も皆無で、先輩も研究室には顔を出さないということは事前に聞いていた。完全オフの先輩が見せる破壊力に、既に僕はKO寸前だ。

「い、いえ。僕も来たばかりです」

思い切り声を裏返らせながらなんとか返す。いつも以上の緊張状態で、本格的な夏が来る前なのに脱水症状で倒れてしまいそうである。

「では、さっそく並ぶとしようか」

彼女は言うが早いか、列の最後尾に陣取った。僕も引っ張られるようにそこに並ぶ。瞬間、顔面の筋肉が強張っていくのを感じる。それもそのはずだ。僕はぐるり周囲を見渡した。

休日の、それも昼間の天文館通り。さらに県内外を問わず人気の甘味処。カップルの姿が目に付くのは必定といえよう。そして、僕はそれらの群像とともに二人して列に並んでいる……。

「せっかくだから、今度の会合では鹿児島らしいものを食べたいのだ」

そう先輩が言い出したばかりに、エラいことになってしまった。ふつう、こういうツーショットは恋仲でもなければ避けるものなのだけれど、先輩には躊躇《ちゆうちよ》というものがない。以前、殿方というものを分かっていないということを話してくれたが、さもありなんといったところだ。

それでも、どぎまぎして会話の端緒を探す僕を尻目に、平常運転で事もなげに立っている先輩を見ると、一匹のオスとして悲しくなってくるのも事実だ。

先輩と二人きりになれる貴重な時間なのに、僕はそれを空費するばかり。いたずらに時間は過ぎていく。店内に案内されるのを待つ間、僕のひねり出す付け焼き刃の世間話は、ことごとく先輩の興味をひかずに空回るのみだった。

かろうじて空気が華やいだのは、名物のかき氷が僕らの席に到着したときくらいのものだった。

「うむ、噂に違《たが》わぬ美味さだ」

白熊の顔を模したかき氷をしとやかに口へ運び、先輩は唸った。どれどれと僕も一口。悔しいが、美味いじゃないか。舌の上に乗せた瞬間に氷は溶解を始め、同時に溶け出した練乳の甘美な味わいが広がった。どこまでも甘く爽やかな味わいである。もう少し、軽やかな心持ちで食せたらどんなにか美味しいだろうと思う。

夏輝との関係や彼自身の交友録に進展はあったけれど、僕と先輩の仲は依然として深まる気配がない。『清田家のかぐや姫』の無理難題に目下奮闘中ではあるのだけれど、冷静になってみれば、僕は夏輝の友人で先輩はその姉。ただそれだけなのだ。

それじゃあ、いったい僕はなんのために……。頭の中に浮かぶ薄靄《うすもや》は晴れることなくいつまでもまとわりつく。

それでも、僕は彼女の笑顔を見たかった。そして、それを引き出すには夏輝の話ぐらいしか現状の僕は持ち合わせていない。後ろめたい気持ちを振り払って、僕は『保育園児のケンタくんが本当だと主張する数々の発言の怪』の全容を語って聞かせた。

先輩は端然とした表情をわずかに崩し、弟の活躍ぶりに耳を傾けていた。

夏輝は清田先輩が鹿児島に来てからまだ会っていないらしい。もともと僕は先輩の差し金で夏輝宅を訪れたわけだけれど、彼の家に入り浸るようになって以降、夏輝はそのことについて詮索してこない。ことさらにそこに介入してこようとしない姿勢ははっきりいって不自然だと思う。同じ地に住んでいながら、実の姉を拒絶し続けるのは明らかに異様だ。

他者との関わりを極力断つのと姉を拒絶し続けること。両者は、現象的には近似していても、その本質には大きな隔たりがある。だって、姉は家族なのだから。これぱっかりは、夏輝が偏屈マッチョであるとか、人嫌いだっただとか、そんな言葉では説明がつかないわけだ。さりとて僕には、夏輝と先輩との確執の淵源《えんげん》を探るような真似はできないし、それがどこにあるのかも皆目見当がつかない。

思い切って舵《かじ》を切ることができない船は、現状維持の慣性航行を続けるのみだ。決断の時は迫っているのかもしれない。僕は、ここ数日間そんなことを考え始めていた。

しかし、ともかく今日の僕がやれることは、眼前の思い人に橋渡し役として、弟の進歩を伝えてあげることのみだ。家族の成長を喜ぶ気持ちは、いつだって変わらないはずだから。

僕の話が終わると、先輩は恭しく頭を下げた。

「我が愚弟のために骨を折ってくれてどうもありがとう、小金井三回生。おかげであいつも人並みに近付いてきているようだ」

礼にはおよばない。

「いやいや、骨を折るだなんてとんでもない。結局、二木くんを招いたのも、岸本くんを惹きつけたのも、あいつ自身に依るところが大きいわけですから。僕は単なるきっかけに過ぎません」

「謙遜はしてくれるな。天岩戸《あまのいわと》みたいに固く閉ざされたあの家の扉を開いたのは君なんだよ、小金井三回生」

わずかばかりの違和感を覚え、それを口に出してみる。

「先輩が夏輝の家を訪ねたとき、鍵はかかっていたんですか？」

疑問の矛先を向けられた先輩は困ったように苦笑した。

「恥ずかしながらな。あいつとは扉越しに二言三言、会話を交わしただけだよ」

僕も苦笑するほかない。思った以上に重症みたいだ。気まずい沈黙が訪れ、手持無沙汰に溶けきったかき氷をすくって舐めた。練乳のねっとりとした甘みが喉に絡みつく。

僕は、それ以上は踏み込めなかった。心のうちに土足で上がりこむような無体な行為はしたくない。それは詮索屋よりも野蛮なことに思えた。けれど、ここでことを終わらせてしまうのは、もっといけないことのような気もしていた。

入れ代わり立ち代わりに客が往来し、人いきれがする中から店員が現れ空いた皿を持っていく。繁盛店だ。暗に席をあけてくれということなのだろうけれど、どっこいそうもいかない。

先輩は紅茶をオーダーした。続けて僕がブラックコーヒーを。店員は長居を決め込んだ僕たちに迷惑そうな顔ひとつすることなく、丸テーブルに追加の伝票を切ってにこやかに立ち去って行った。先輩は落ち着き払って、紅茶をたしなんでいる。平生より男っぽい口調をやめない先輩なのだけれど、振る舞いの端々からにじみ出る楚々《そそ》とした印象に、その育ちの良さを感じずにはいられない。代々続く商人の家系で、花嫁修業として数々の作法を叩きこまれたからに違いなかった。

同じく、作法を学んだはずの夏輝がどうして偏屈マッチョに仕上がってしまったのかが不思議でならない。まあ、一応スキルとしてその時の名残はあるのだろうけれど。

「それにしても、美味しいんですよ、夏輝の料理。プロ並みですよ、プロ並み」

ようやく話題のとっかかりを見つけた僕はそう切り出した。やっぱり話題は夏輝に限る。常識的な社交に終始しては、この会合の元来の目的が雲散霧消してしまいかねない。僕は、この姉弟のことをもっとよく知らなければならないのだから。

先輩はことりとカップを置き、細い息を吐いた。動作の一つ一つが艶っぽいのは、恒常的な彼女の特質の一つである。

「まあ、あいつも料理の筋は良かったからな。御祖母様に相当、鍛えられたものだよ」

先輩は目を細め、過去の情景に思いを馳せている様子だった。「ただ……」

そう言って、先輩は視線を落とした。

「ただ？」

なにかまずいことでもあったのかしら。僕は聞き返すことしかできない。

「あいつの料理には〝生活感〟がない」

「はあ……」

このときの僕には、先輩の言葉が指す意味が分からなかった。不思議そうに言いよどむ僕の機微を察したのか、先輩は努めて明るく続けた。

「まだまだということだよ、あいつも。私や姉さんたちの方が、料理の腕は上だ。これだけは断言できる」

思わず喉を鳴らしたのは僕だ。言うまでもなく、先輩の手料理を想像したからに他ならなかった。その瞬間、僕の胸中に巣くった傾慕の鬼がひょっこりと顔を出し、弛緩した顔面の筋肉が徐々にその表情を変態のそれに変容させていったのは言うまでもない。僕は思わずガブリとコーヒーを飲み干し、練乳よりも甘ったるい妄想をその苦みで相殺した。

常人ならざる顔を見せても良いのは、自宅の姿見の前だけである。

それよりも。

「お姉さまが確か二人おられるんでしたよね？」

以前に先輩がそんなことを言っていたのをふと思い出した。僕はあくまで邪念のない気持ちでそう切り出した。はずだったのだけれど。

「ああ、そうだよ。夏輝が末っ子で、三女が私。次女が秋音《あきの》で、長女が舞冬《まふゆ》だ」

小春・秋音・舞冬か。なんて良い響きだろう。先輩の実姉だ。さぞ美人に違いない。料理の腕も夏輝並み、いやさそれ以上！　むくつけき男子学生の妄想は、己が理性の桎梏を容易に引きちぎり、無制限に膨張していってしまう。シェイクスピアは正しい。恋は盲目である。誰か止めてくれ。

だけど、僕の不埒千万な思考は、目を伏せた先輩の物憂げな表情を捉えると同時に消し飛んでしまった。先輩は視線を切ったままひとりごちるように呟いた。

「私たち姉の存在が、夏輝にとっては目の上の瘤《こぶ》だったのかもしれない」

「先輩？」僕は顔をしかめた。「そんなに……」

自分を責めるものではありません。それを部外者の僕が言うのはどうも軽率なような気がして、出かけた言の葉は宙にかき消える。先輩はなお沈痛な面持ちのままだ。先輩はどこかいつもと違う。気高く高貴で凛として、あれだけブレなかった先輩の表情はコロコロと変わる。西牟田さんも多彩な顔を持っているけれど、それとは違う。どこか物憂げなグラデーションだ。

「歳《とし》が近い姉弟の仲がぎこちないのはよくある話だと思う。夏輝が私に懐かないというのは、ある意味では自然なことだと思うのだ。昔からその節はあった。だが、上の姉二人との関係は良好でな。随分とくっついて歩きまわっていたものだったんだ」

僕は固唾を飲んで、滔々とした口調の語り部を見守るしかない。何かをしなければならない。そして、その機は確実に近付いている。そう予感していたのは、どうやら僕だけではなかったようで。

「そんな状況が変わってしまったのは、夏輝が高校一年生の時のこと。当時、私は受験を控えている身だったから、学校に図書館に自室にと籠ることが多くてな。あの一年間は、家のことにかまう時間的余剰も精神的余裕もなかった。そんな折に、ある事件が起きた」

「まさか、夏輝が暴れたんじゃ」

思春期の暴走。あれだけの体格の男が荒れ狂えば、それは確かに事件かもしれない。けれど、清田先輩は長髪を掻《か》きあげながらゆるゆると首を振った。

「いや、そうじゃない。起きたのはただの言い争いだ。だいいち、当時の夏輝は線が細くてな。そもそも腕力にものを言わせるなんてガラじゃないんだよ、あいつは」

それもそうだと妙に得心した。あいつの筋肉が活躍した場面は思い返してみてもなかったはずだ。あいつはただ体を鍛えているだけなのだ。

そこまで考えてはっとする。

なぜあいつがあそこまでストイックにマッチョを志向するのかが分かった気がした。たぶん、それは女系家族への反発なのだ。男性性への希求と換言しても良い。男らしさ。そういうものに、どこかであいつは憧れているのかもしれない。

閑話休題。

「お姉さま方と喧嘩《けんか》になったと？」

「そうだったなら事態の収束も早いと思うのだがな。夏輝が反発したのは母上の方だ。そして、その口喧嘩を境に、夏輝は徐々に家族との接触を必要最小限にとどめるようになっていく」

僕はたまらず身を乗り出した。

「喧嘩のそもそもの原因はなんだったんですか!?」

だって、それが分かれば答えは出てるようなものじゃないか。僕は興奮気味にせっつく。

「それは……」驚いたように目を大きく開いた先輩は、ここで一つトーンを落とした。

「分からないんだ、私も」

僕は喉の奥でうめいた。先輩はそれを疑念の表明だと受け取ったようだった。

「実を言うと、くだんの喧嘩のことも姉から伝え聞いた話でしかないんだ。私は、家にいる間は離れの勉強部屋でもっぱら机に向かっていたから、騒動が起きたことすら知らなかった。そして、姉さんも母上も御祖母様も、もちろん夏輝も喧嘩の理由を教えてはくれなかった」

先輩は唇を嚙みしめた。

「受験生だったんです。無用な心配はかけたくなかったのでしょう」

僕は先輩を励ましたい一心でそう言った。本心ではなかった。

本当に清田先輩を気遣うというのなら、喧嘩があったという事実自体が秘匿されてしかるべきだからだ。けだし、その原因には先輩に知られたくない要素も含まれていたのではという気がしてならない。

「とにかく、そのとき何が起こって夏輝が怒り心頭に発したのか。それは私には分からない。私は、すぐに大学に進学して郷里を離れてしまったからな。だからこそ、困っているわけなんだ」

きっかけが分からないというのは確かに辛いものがある。例えば、複雑に絡んでしまって一見ほどくことが困難に見える紐も、その結び目がどこにあるのかさえ摑んでしまえば、あとは捻じれをほどく存外単純な作業と化す。先輩の場合、その結び目の見当がつかないのである。

「……先輩が鹿児島にやってくるまでの五年間で、夏輝とお姉さんたちとの溝はさらに深まっていったというわけですね？」

先輩は静かに首肯した。

もともと先輩とべったりというわけではなかったにせよ、久しぶりの再会の機を完全に拒絶するというのは普通の事態ではない。以前、夏輝は実家にも帰っていないというような話を聞いていたから、先輩の言うくだんの事件にその端緒があると見て良いだろう。夏輝の内向的で偏屈で人嫌いという特性は、徐々に氷解の一途を辿っている。しかし、これらはあくまでも副産物でしかない。

夏輝と、先輩と、清田家と。双方の間にぽっかりと空いた溝は、彼の交友録がいくら増えようが解決のできない問題を孕《はら》んでいることは自明だ。となると、これは『清田家のかぐや姫』の無理難題とは大きく懸隔する問題だ。とっくに僕の手を離れてしまっている。

結局、その日はそれでお開きとなった。くれなずむ夕日を窓外に捉え、路面電車に揺られてぼんやりと考える。路上に積もった火山灰を黄色いロードスイーパーが忙しなく掻き込んでいる。夏輝の心中に広がる退廃の色も同じようにきれいに回収していってほしいものだけれど。僕の心は固まっていた。手を離れたのならば伸ばせば良いのである。ただ、それだけの話なのである。南国の温和な空気感が、なんとなくそれを可能なことのように思わせた。

第三幕

勇気を振り絞って「弟子にして下さい」と言ったら、「ありえない」と返された。哀訴嘆願の返事としてはあまりにもすげないし、こうばっさりと斬り捨てられてはあまりにも不憫《ふびん》だ。けれど、こういう事態は十分に想定のうえだったので、こういう展開になることもまあ「ありえない」ことはないのだろう。

彼女の心持ちはざっとこんなところかしら。

梅雨入りを目前に控えた五月の終わり。融点まで達した鉛を流し込んで固めたような曇り空からは、差し込む陽光もごくわずかで、じめじめとした湿気だけが行き場をなくして地上に張り付いている。

そんな夕暮れ時だった。

各講義でそろそろ中間レポートが課され始める時期だったので、僕と夏輝は大学図書館であらかた必要な資料を集めてから帰路についていた。専門教育が本格的に始まると、課題の質・量ともにグレードアップしてくるので、これがけっこう骨の折れる作業となった。

中でも禁帯出の参考書などは申請書を出したうえに自費でコピーせねばならぬため、どうしても出費がかさんでしまう。

「適当でいいんだよ、適当で」

地下二階の資料室から分厚い専門書を運ぶ僕に夏輝はそう声をかけたのだけれど、そうもいかないわけだ。夏輝は勉学において効率を標榜するけれど、僕は根性を掲げている。アメ車みたいに燃費の悪い方法なのだが、いくら無駄が多かろうと地道に歩を進めていく方が僕には合っている。

来年に迫った卒業論文作成のことを思うと、軽く絶望するのだけれど。

そんなわけで、一仕事終えた週末に行うことといえば、既に答えは出ているようなものので、言葉のいらぬ不文律に突き動かされた僕たちは、一路夏輝宅を目指していた。学生にとっては、毎週訪れる金曜日こそがプレミアムなのである。まあ、僕らに限って、夜の街に金を落とすということはないのだが。

問題の彼女がいたのは、夏輝宅の鉄扉の前。見覚えのある顔がそこにはあった。

明るい短髪で活動的な服装。ボーイッシュな佇まいで笑顔が絶えない天真爛漫な同級生。西牟田亜子その人である。しかしながら、今日の彼女はどこかかしこまった雰囲気だった。

「どうして西牟田さんがここに？」

夏輝の女性嫌いは、もう病膏肓に入った感があるため、僕は極力彼が女性と接触する場面を避けて通って来ていた。西牟田さんを宅飲みに誘う機会も、例のスーパー常連の僕であればいくらでもあったはずなのだけれど、あえてそれをしなかったという経緯がある。

当然、彼女は夏輝の存在も、夏輝の所在も知らないはずなのだ。

「おい、晴太。知り合いか？」

ぎろりと夏輝が睨んできた。彼は、僕がまた断りなく客人を招いたのかと疑っているみたいなのだけれど、僕だって事情をよく飲み込めていないのだから、そんな目をされても困る。

西牟田さんは今日も今日とてボーイッシュスタイルを貫いていた。ゆるめのシャツもたくし上げたスウェットパンツも、お洒落に気を遣っていないようでいて、かなり決まっているように見える。

彼女はまず深々と頭を下げた。

「突然お訪ねしてしまい申し訳ありません。西牟田亜子といいます」

「晴太、なんの用だと聞け」

いつになく嫋《たお》やかな西牟田さんにあくまで夏輝は素っ気ない。目も合わせられない。いや、目も合わせようとしないとした方がニュアンスとしては近い。この時点で、彼女は夏輝の興味の埒外にあるのだ。

だとしても、学友の西牟田さんをぞんざいに扱うのは僕としては容認できない。不承不承、意味のない仲介役を買って出て意思の疎通を図ってみる。

「西牟田さん、急にどうしたんだい？　それに君はこいつの家は知らないはずだろ？」

西牟田さんはゆっくりと顔をあげ、「岸本くんから無理やり聞き出したの」

なんと。僕は目を丸くした。穏健派の彼女が、なかなかどうして強引な手に出たものである。

夏輝は歯噛みした。

「大輔か、あの野郎」

夏輝は歯噛みした。西牟田さんは慌てて取り繕う。

「彼に他意はありません。実は、岸本くんからお噂はかねがね聞いていました。料理がプロ並みの先輩がいて、自分はその先輩に救われたんだといつも嬉しそうに話しているんです。バイトの先輩という立場を利用して、無理にあなたの自宅の住所を摑んだのは全て私の勝手さからくるものです」

タンクトップの上から羽織ったチェックシャツが引きちぎれそうなほどに隆起した夏輝のいかり肩がわずかに静まる。

「ほう、大輔のやつ、そんなこと言ってやがるのか」

吐き捨てるような口調とは裏腹にまんざらでもなさそうに顋をさすっている。こいつは結構単純なところがあり、料理の腕を褒められたり、人から頼りにされたりすると弱い。けれど、それはあくまでも岸本くんに向けられたもので、依然として西牟田さんからは顔ごと視線をそらしたままだ。

「本日は夏輝くんに折り入って頼みがあり来ました。料理を教えてください。私をあなたの弟子にして下さい」

「ありえない。そう伝えろ、晴太」

鉛色の曇天を見据えて、夏輝はやはりにべもない。西牟田さんはすがるように僕を見つめてくる。まいったな、これは。こうなると夏輝はテコでも動かない。

説得する方法がないでもないのだけれど……。とにかく、夏輝がロハで西牟田さんの手助けをしてやるなんてことは、それこそ「ありえない」ことなのだ。

彼女が夏輝の特性を理解して最適解を出すことができるかは果てしなく疑問だ。こんなことなら、前もって僕に相談してくれればよかったのに。僕がそんなことをふわふわと考えていると、西牟田さんは、小柄な体に背負った大きなバックパックから何やらごそごそと取り出した。梱包《こんぽう》された一升瓶が顔を出す。

「もちろん、ただでとは言いません。お酒がお好きだと聞いていましたので、良かったらこれを」

西牟田さんのこの作戦は悪くない。しかも酒の種類も芋焼酎ときている。

夏輝の眉毛がぴくりと動いたのを僕は見逃さなかった。これはチャンスかもしれない。僕からも援護射撃をしておこうかしら。

「夏輝、西牟田さんは夜の天文館をパトロールするのが趣味でね。断っておくけれど、僕や君なんかよりよっぽど酒にも詳しいんだよ」

その証拠に、西牟田さんの手にあったのは、今まで飲んだこともない銘柄だった。僕がそうなのだから、夏輝はなおさらだろう。今度は、夏輝が喉元をゴクリと言わせるのが見て取れた。もうひと押しというところか。

あれほど拒絶の姿勢を見せていた彼だけれど、今では一升瓶と正対してしまっている。夏輝のなかで、天秤《てんびん》にかけらた理性と欲望が、龍虎相搏《りゆうこあいう》つの様相を呈しているといった趣だろう。

あとは、アレさえあれば西牟田さんが夏輝宅の敷居をまたぐことも可能なのだが。

「一緒にどうですか。きっと、このお酒もお口に合うはずです。それに聞いてほしいお話だってありますし」

「聞いてほしい話？」

ここで初めて夏輝が、西牟田さんの顔をその瞳に捉えた。西牟田さんは微動だにせず、夏輝を見据えて続けた。

「私が体験した不思議な出来事のお話です。酒の肴にいかがですか？」

夏輝は大きく舌打ちすると、ずんずんと鉄扉へと進み部屋の中へと入っていく。

「とっとと入れ。話だけでも聞かせろ」

西牟田さんはそれを聞くや、かしこまっていた顔にいくらか平生の華やかさを戻し、元気よく「はい！」と返事をした。目の前でとんでもないことが起ころうとしていた。

あの夏輝が女性を部屋に招いたのだ。えらいこっちゃである。

西牟田さんの夏輝への初期対応は、ほぼ完璧だった。下手に出つつ太鼓を持ち、機嫌よくさせたところで酒をちらつかせ、とどめに謎を提供する。偏屈マッチョの鉄壁もこの数カ月で随分と弱くなったものである。

ただ一つ、西牟田さんにミスがあるとすれば、謎を酒の肴と表現したところにあるだろう。酒の肴なら、夏輝がいくらでも作ってくれる。夏輝にとって、不可思議な謎はデザートに過ぎないのだから。

西牟田さんに目くばせし先に行かせた。実にあっけなく、彼女は夏輝宅の敷居をまたいでみせたのだった。

◇

いつもは夏輝が食卓に料理を運んでくるまで、僕は彼が何を作ってくれるのかを知らないわけなのだけれど、今日に限ってそれははっきりしていた。実は、本日はスーパーへの買い出しや仕込み作業は既に完了しているのだ。本日のお品書きには、中華料理が並んでいる。

理由は一つ。数日前、夏輝がネットショッピングで中華鍋を衝動買いしたのだ。それも両持ち手の広東鍋《カントン》ときている。今日び大学生が、あらゆる分野の商品をあまねく取り揃えるネットショッピングで、本格仕様の中華鍋を衝動買いとはいかがなものかと思うのだが、これが夏輝という男なのだから致し方あるまい。

夏輝は厳重な梱包から中華鍋を取り出しながら、「次は中華だな」と嬉しそうに話していた。角ばった夏輝のごつい身体と無骨な中華鍋が合わさると炎の料理人といった雰囲気で、もはやその道の人間にしか見えない。

中華はスピードが命とはよく聞く言葉だ。僕でさえ知っている。そして、それゆえ台所は戦争となっていた。

大きな中華鍋を豪快に振るう夏輝。タンクトップから剝き出しの二の腕は張りを増し、額には汗がわずかににじむ。火力は常にマックス。熱伝導率の高い中華鍋なので、常に煽っておかないとすぐに焦げ付いてしまうのだという。

その様子を食い入るように西牟田さんが見つめている。

「弟子入りを許可したわけじゃねえからな。見て学べ」

鉄人みたいなことを夏輝が言ったものだから、西牟田さんも真に受けてしまって必死だ。彼はただ女子への口下手を隠すためにそう言ったのであろうことははっきりしている。まあ、それを指摘するのは野暮というものだ。

それにしても、必死な二人の言葉なきやり取りに触発され、僕もなにか行動に移した方が良いのではという気分になってきた。食欲を誘う鶏ガラの香りが熱気とともに室内に充満し、ひっきりなしに鍋肌がなる音が聞こえる。なお夏輝は黙々と作業に没頭し、西牟田さんも穴が空くほど凝視して一挙手一投足を目に焼き付けている。

そんな彼らを尻目に僕はくつろいでいるものだから罪悪感を覚えないでもない。けれど、男子厨房に立たずを標榜して、未だにその金科玉条を下ろしていない僕が台所にいてなんになろうか。なんの役にも立たないし、なにも学ぶことはできないだろう。反語。

そうして現状にいくらかの妥当性を見出した僕は、やっぱりいつもの通りゆるりと料理の完成を待つのだった。こうなると僕はお尻のあたりに根を張ったみたいに動かない。買い出しでいつも汗を流しているのだから、これくらいの贅沢《ぜいたく》は許してほしいものである。

「できたぞ」

いつものように声があがり、大皿が次々に食卓に運ばれてくる。しかしながら、これは……。

「ちょっと作りすぎなんじゃない？」

コタツ机いっぱいに広がる料理の数々、その量の多さに目を丸くする。どう考えても大学生三人で囲むにしては行き過ぎている。

「あら、小金井くん。知らないの？　中華料理は食べきれないほど出すのが基本なのよ。それがあっち流のもてなし方なの。中国の富の象徴は肥満だって言うし、飽食の中国と島国日本では食事に対する捉え方も根本的に違うのよ。東洋史学の鬼塚先生が聞いたら『そんなことも知らんのか』ってなじられちゃうよ」

したり顔の西牟田さんが小突いてきた。東洋史学は単位取得困難で有名だから集中して受けているつもりだったのだけれど、まだまだ勉強が足りないようだ。反省である。

夏輝は聞きながら一言「ほう」とだけ言った。僕には、それに続く言葉を意識的に飲み込んでいるように見えた。意地はっちゃって。

西牟田さんは腰をちょこんと下ろすと、落ち着かない様子で夏輝をちらちらと見ている。夏輝は夏輝で、腕を組んだままむっつりと黙り込んでいる。こうなれば、僕がとりなすしかないわけだ。ぱんと柏手《かしわで》を打つように音を鳴らす。

「とにかく食べよう。冷える前にさ！」

炎の料理人夏輝が繰り出す品々は、洋の東西を問わず、和洋中どれをとっても美味である。今回の中華料理も、垂涎《すいぜん》が止まらぬ出来栄えだ。

今日は大皿が三枚並んでいる。定番メニューのエビのチリソースにマーボー茄子《なす》。刺激的な香りが湯気とともに鼻をつつく。

「これはなんだい、夏輝？」

三枚目の皿には、豚のブロック肉が円形に綺麗《きれい》に並べられている。角煮のようだが、それにしてはゼラチンのような光沢と弾力がある。

「トンポーローだ。昨日の晩から仕込んである。まあ、食ってみな」

言いながら、夏輝はちらりと西牟田さんを見やった。そして大きくため息を一つ。

「家にあげた時点でお前が客人であることに違いはない。それにみやげを受けとった手前もある。さっさと食えよ、亜子」

不服ではあるものの、夏輝としてはそのあたりの筋は通しておきたかったらしい。眼前に並べられた二人で食べるつもりだったにには確かに多すぎる量の料理を見ながら、僕はほくそ笑む。なるほど、中国流のもてなし方ねえ。

西牟田さんの緊張もようやくとれたようだった。強張っていた肩がわずかに下がっている。

さて、食事だ。

「じゃ、僕は遠慮なく」

箸で豚肉をつまみあげ、一口。西牟田さんもそれに続く。夏輝はじっくりと僕らを見つめている。

「う、美味い!!」

僕が叫び、

「お、美味しい!!」

遅れて西牟田さんも唸る。夏輝はにやりと笑った。

肉質はとろけるように柔らかく、プルプルとした食感は残っている。皮目のねっとりとした脂はしかしくしつこくなく、何枚あってもペロリといけてしまうような食べやすさがある。

「煮込まずに蒸しているからこそ作れる食感だ。どうだ、角煮とは一味違うだろ?」

夏輝は得意げにそう言った。まだ料理には手をつけることなく缶ビールを勢いよく呷っている。こいつは食うために料理をしているわけではなく、人に振る舞うために腕に磨きをかけている類の料理人なのである。

西牟田さんが、小さな口で嚙みしめるようにもう一口。そして、また一言呟く。

「深いわ……。どうしてこんな味を引き出せるのかしら。是非知りたい……」

「言っておくが、お前からの料理に関する質問には答えねえからな。あくまで俺はお前を客人として迎え入れたんだ」

夏輝が釘《くぎ》を刺した。僕はまたにやつく。

以前に夏輝が言っていたことだけれど、曰く彼は別に料理に特別な施しはしていないらしい。要は手間暇だそうだ。周到な下準備に、丁寧な調理工程を経るだけで良い。だが、そんなことを説いたところで、勢い込んで訪ねてきて、夏輝の調理の一挙手一投足を見守った彼女が納得するはずもない。だから、内心では困っていると、こんなところだろうか。

しかし、夏輝の口下手と生来の不躾さが場を粉山椒《こなざんしょう》みたいにぴりつかせたことは確かなので、すかさず僕がひと肌脱ぐ。

「そうだよ、西牟田さんは食客なんだ。満足いくまで料理を堪能すれば良い」

「違うよ、小金井くん。食客というのは食事に招いた客人の意味ではなくて、戦国時代の風習で……」

ぺらぺらと講義を始める西牟田さん。道化を演じるのも辛いものである。

けれど、おかげで西牟田さんも話しやすくなったらしい。僕と一緒に残りの皿にも次々と手を伸ばした。僕が酒を持ってくると、我慢できずに酒をとり、本格的に宅飲みがスタートしたのだった。

マーボー茄子もエビチリも抜群に美味かった。僕はビール、夏輝はみやげに受け取った芋焼酎。そして、西牟田さんは「意外に合うんだ」と冷蔵庫から発見した赤ワインをチョイスして、各自思い思いのペースで杯を重ねた。

「おい、亜子。それで、お前の不思議な出来事っていうのはどんな話なんだ」

相変わらずハイピッチにも拘らず顔色一つ変わらない夏輝が、グラスを置いて唐突に尋ねた。酒と料理に夢中ですっかり忘れていたが、夏輝にとって本題はそっちの方だった。

やや頬を上気させた西牟田さんもワイングラスを静かに置いた。

「そうですね、食べることに集中して忘れていました。あまりにも美味しかったので」

料理人にとって最大級の賞賛を送ってから、彼女は語り始めた。

「あれは四日前のことです。小金井くんが言っていた通り、私の趣味は街に繰り出しての一人での飲み歩きなんです。その日も天文館のある店にふらりと立ち寄って飲んでいました。

一人飲みの醍醐味《だいごみ》は、なんといってもカウンター席での一期一会です。まったく知らない人とお話しするというのは、肩肘張る必要もなく、変におもねるでもなく、けっこう楽な気持ちになれるんですね。

その日は、私の後に入ってきたおじさんが話し相手となりました。ロマンスグレーの髪をオールバックにした渋い紳士的な大人の男性です。なにかの帰りなのでしょうか、花束を携えての入店でした。

そこの店はお刺身が美味しいので、私もお勧めしたんです。おじさんは辛口の醬油《しょうゆ》を別で注文してからそれを食べ、『良い店を知っているね、最高に美味しいよ。僕はこの店は今日が初めてなんだ。色々と教えてくれたら嬉しいな』と、確かそんなことを言っていたと思います。食の好みもお酒の好みも合い、それからはすっかり意気投合しちゃって、お酒の勢いと見ず知らずの間柄というのも手伝って、色々な話をしました。

夜も深くなって酔いも回ってくると身の上話になるものです。

『私にも君ぐらいの子どもがいてね。女が四人と男が一人いるんだ』

だとすれば、さぞ一人息子さんがかわいいことでしょうと私は応じました。おじさんの目が輝きます。どうやら私の直感は当たっていたようです。おじさんは頬を緩ませて、『そりゃあ、かわいいなんてもんじゃないさ。私が何をするにも、必ず腰巾着みたいに付いて歩いてきてね』

昔日の思い出を見ているみたいに、おじさんは遠い目をしていました。堰《せき》をきったように、しばらくは息子さんの話が続きます。所々で照れ笑いを浮かべ『親バカだよね』と繰り返していました。特に記憶に残っているのは、こんな話題です。

『だいたい育ちざかりの男子の趣味なんて、アウトドアならスポーツだとか、インドアでもゲームや読書なんてものだろう。けれど、息子は私の趣味の園芸にまで興味を持ってね。よく付き合ってくれたものだ。家族の誰からも理解されず、姉連中ですら誰一人興味を示さなかった私の趣味の庭にね』

父を慕う少年の純真さに私は胸を打たれました。そこで、一番思い出深い花はなんですか？　と質問すると、途端におじさんは、

『ワスレナグサ……』

ぼそりとそう告げたのです。まるで、それが何かのトリガーであるかのように、おじさんは静かに杯を空けて、一瞬間、沈黙していました。垣間見せた物憂げな表情が、私にそれ以上の追及を許しませんでした。年の頃は五十を過ぎていることでしょう。息子さんも今は立派に成長しているはず。けれど、話題にのぼる息子さんの姿は少年時代で止まったままです。そこに因果を感じるのは、深読みのしすぎでしょうか。

酔った頭でそんなことをふらふらと考えていると、私の心の機微が伝わったのか、おじさんはぱっと表情を切り替え、柏手を一回打ち、『すまない、気を遣わせてしまったね』と言いました。気を遣わせたのは私だというのに。

仕切り直しとばかりに、おじさんはカウンターのマスターにこう続けました。

『キープボトルを頼むよ、彼女にご馳走しよう』と。

確かに美味しいお酒でした。でも、未だに腑に落ちないんです。どうしておじさんは、初めて入店したはずのお店にボトルキープをしていたのでしょう」

西牟田さんはそこまで言って、乾いた喉に赤ワインを流し込んだ。

肉のうま味の染みた茄子を口に放り込みながら僕は考える。一見《いちげん》さんが引っ張り出し

たキープボトルは誰のもの？　すぐに答えは出た。

「知り合いのキープボトルを勝手に空けちゃったんじゃないの？」

しかし、これには西牟田さんが反駁する。

「小金井くん。それはないと思うわ。カウンターのマスターは、『キープボトルを頼むよ』というおじさんのその言葉だけでボトルを取り出してきたの。知人のを頼もうとするなら、普通は『○○と書かれたボトルを頼む』っていう注文の仕方をするでしょう？　そうじゃないのだからマスターにはおじさんの顔とボトルが完全に一致していたということになるわ」

確かにそれもそうだ。夏輝も付け加える。

「だいたい、そのおっさんが本当に一見さんだというのなら、そもそも他人のキープボトルを持ってくるなんてこと店側がするわけないだろ。まず間違いなく、そのボトルの所有者は、そのおっさんということになる」

夏輝の口角は既に緩んでいた。今日もハイピッチで飛ばしてきた夏輝だ。謎解きへの下準備は整いつつある。

「じゃあ、やっぱりあのおじさんの言っていたことは嘘だったということになるのでしょうか」

夏輝に対しては明らかに態度を嫋《たお》やかにする西牟田さんが、一転して怪訝な表情を浮かべた。その意味するところはなんとなく分かる。なにせ、彼女は華の女子大生だ。

対して、夏輝はゆるゆると首を振った。

「嘘をついたとするのは簡単だがな。しかし、人間が嘘をつくときは必ず何かそうせざるをえない理由がくっついてくる。蓋然性ある結論を導いてくるには、その理由を説明できないとお話にならないわけだ。ただ、この場合は少し引っかかりはしないか？」

「一見さんだと言い張る必然性は、説明がつく気はするよ。くだんのおじさんがそう言ったのは、西牟田さんと出会って当初のことだった。常連の西牟田さんに取り入って話のタネを作るというのは可能性として考えられはしないかい？」

小動物的なかわいさがある西牟田さんなら、言い寄る男がいても不思議ではない。

「それはないと思うわ、小金井くん。だって、おじさんは私にお酒を奢ってくれたけれど、連絡先も聞いてこなかった。本当に一期一会だったの」

「そういうことだ、晴太。ここはひとつ性善説で物事を見るべきだ。つまり、この話の中に虚偽は存在しないというな」

毎度のことであるが、夏輝の迂遠な言い回しは酒がまわった脳内の思考をかき乱してくれる。

「亜子、一点だけ確認しておきたいことがある」

いやに真に迫る口調で夏輝が問いかけるので、西牟田さんは小さな体を目いっぱいしゃんと起こした。夏輝はグラスに芋焼酎をなみなみ注ぐ。よほど差し入れの酒の味を気に入ったのだろう。今日はいつにも増して飛ばしている。

「そのおっさんが持っていた花束があっただろう。具体的にはなんの花束だった？」

西牟田さんは首をひねってやや逡巡し、そして答えを出してくれた。

「あれは確か……アネモネの花でした。間違いありません」

「そうか、そうか。なら決まりだ」

夏輝は大きく頷いてから「やはりこれしか考えられない」

自信ありげに鼻を鳴らした。

「解けたんですね？」

夏輝は首肯した。なんだか、今日はやけにあっさりだったな。食卓にはこってりした中華料理が並んでいるというのに。

「なあ、晴太。繁華街に必ずあるものが何か知っているか？」

「え？　そりゃ居酒屋さん……」

「アホか、そういうこと言ってんじゃねえんだよ。花屋だ、花屋」

唐突に面罵されて多少へこんだが、なるほど花屋か。確かに飲み歩いているとよく見かける。思うところがあるのか、西牟田さんもうんうんと頷いている。

「繁華街には必ずといって良いほどある花屋。理由はなんだと思う？」

「ええっと……」

考えてはみたものの答えは出なかった。夏輝はそこのところも織り込み済みだったみたいで、やや間をあけてからしゃべり始めた。

「水商売が得意先なんだよ。客が入れ込んだ女に貢ぐために花を買ったり、店に飾る瀟洒《しょうしゃ》な装飾として注文したりといった形でな」

「ということは、あのおじさんが持っていた花束は誰かお店の人に渡すためのプレゼントだったということですか？」

夏輝は頷く。

「そういうことになる。まあ、そのおっさんもなかなかベタなことするってことだな」

そこまで言って、夏輝はやおら立ち上がると、本棚へと向かい何かを取り出してきた。

「それは……」

夏輝がそのごつい体躯に似合わず非常に繊細な性格だということは折に触れて言及してきたつもりだ。趣味の料理の腕しかり、ほこり一つ落ちていない掃除の行き届いた部屋の様子しかり。けれど、さすがにこれは僕も与り知らぬ彼の一面だ。

「花言葉辞典ですか！」

西牟田さんも驚いたように大きな目を丸々とさせている。

「似合わないな……」

思わず本心が漏れ、夏輝に睨まれてしまった。こりゃ、失敬。

「えーと、ア、ア、アっと……」

手慣れた様子でページを繰る夏輝。ううむ、何度でも言うが似合わない。お目当てのページが見つかったのか、手を止め、指でなぞり、納得の表情で夏輝は辞典をパタリと閉じた。

「思った通り。アネモネの花言葉は『君を愛す』だ。思い人に贈るには十分なものだろ?」

どれどれ、と僕も夏輝から辞典を奪い、確認してみる。確かに掲載されている赤色のアネモネの写真は、情熱的な花言葉がよく似合っている。しかし、おもしろいな、この本。興味本位でぱらぱらとページをめくる。色鮮やかな花弁とともに、種々の言の葉たちが舞う。僕がさっきの話に出てきたワスレナグサの花言葉が「私を忘れないで」、そして「真実の愛」であることを突き止めた段階で、脇をつつかれた。西牟田さんが呆れたように「ちょっと小金井くん」と耳打ちする。

僕の正面には憮然とした表情で、辞典を独占し、没頭する僕を見下ろす大男の姿があった。

「興味がねえなら話はやめだが?」

まずい、この男がすねたら結構面倒だぞ。

「えーと、話を整理すると、おじさんは告白の言葉を意味するアネモネを贈ることで思い人との大願成就を目論んでいたと、そういうわけですね」

西牟田さんが場をとりなした。ナイスフォロー。おかげで、夏輝の眉間の皺《しわ》がほぐれた。僕も流れに乗じて疑問を呈してみる。

「ちょっと待ってよ、夏輝。話が脱線しているよ。話題はボトルキープについてだったはずだろう？」

客観的な良い意見だと思うのだけれど、夏輝はこれを軽くあしらった。

「なにもズレちゃいねえよ。要するに、おっさんが小心者だったとそういうことだ」

どういうことだ。なにも要約できちゃいない。

「つまり、どういうことですか？」

西牟田さんもおずおずと切り出した。

「おっさんは『今日が初めて』だと言ったんだろ？　亜子と出会った時点では、既に一見さんじゃない可能性だってあるわけだ。だって、今日が初めてなんだからな」

わけの分からぬ禅問答に、しかして気付いたのは西牟田さんだ。

「あ！　なるほど、そういうわけですか」

「お、気付いたか。そうだ、仮におっさんがその日に二度同じ店を訪れたというのであれば、不可解な事象にも一応の説明はつけられる」

「なるほど、そういうことか！」

　ようやく僕にも夏輝の言わんとすることが分かった。ぴしゃりと膝を打つ。

「例えば、こういう可能性が考えられる。おっさんには入れ込んでいた水商売の女がいた。その日、おっさんはその女に思いのたけをぶつけようと決心し、アネモネの花束を購入した。ここまでは良かったが、小心者ゆえなかなか踏ん切りがつかない。とりあえず、居酒屋で酒を入れて気持ちを大きくしようとした。気合いを入れて、さあいざ勝負。しかし、結果はあえなく惨敗。おっさんは花束とともに、その店へと飲み直すために帰ってきた、と」

　西牟田さんの証言からよくここまで物語を飛躍させられるものだ。毎度のことながら、彼の想像力には舌を巻く。でも、なんだろうかこの感覚は。今日の夏輝は、推理も酒のペースも飛ばしすぎな気がしないでもないのだ。

「す、すごい。いとも簡単に……」

　西牟田さんは得心したように唸っている。まあ、いくら僕が違和感を覚えたところで、結論は既に提出されてしまったわけだけれど。それで依頼人も納得しているのだから、これは一面の真実なのだろうとも思う。

「俺の推理はこれで終わりだ。さて、酒の続きといくぞ！」

「おー！」

そうして、僕らはその後もさんざん酒を呷った。いつもと違うのは、僕が普段よりも早めに夏輝宅を辞去したことだ。なにせ、今日は西牟田さんもいる。あまり遅くなってはまずいし、一人で帰すわけにもいかないわけだ。

「まだまだ飲み足りないぞ」

口では言わなかったけれど、分かりやすく不満げな表情を浮かべる夏輝が僕らを見送った。

帰り道。唐湊を流れる小川のせせらぎを聞きながら、二人して歩く。西牟田さんは、頬をほんのりと桜色に染め上げていて、まるで湯上がりみたいだ。

「魅力的な人ね、夏輝さんって。岸本くんが入れ込むのも無理ないわ」

「そうかな、べらぼうに変人だけど」

僕は苦笑した。

酔い覚ましの散歩がてら僕らは進む。会話もとぎれとぎれである。ようやく落ち着いてきた頭の中をもう一度、整理した。くるくるとしていたピースが一つ一つ組み合わさっていく。そして、僕は夜の唐湊に響くはた迷惑な胴間声をあげた。

「あーー！」

「ちょっとうるさいよ、小金井くん」

あからさまに煩わしそうに西牟田さんが顔を背ける。僕は、彼女の護送という大役を忘れて立ち止まる。そうせざるをえなかった。

「違う、違うんだ！」

「なにが違うっていうのよ？」

僕のただならぬ様子に、西牟田さんも歩みを止めて振り返った。

それは、ありえないことだった。だが、僕は気付いてしまったのだ。夏輝の推理にある大きな瑕疵《かし》を。

「例のおじさんは刺身を食べる時にわざわざ醤油を別注文したんだったよね？」

「ええ、そうよ」

「だったら、他県の人間。いや、もっと言えば九州の人間でもない可能性が高いはずだよ」

九州の醤油は、全国的に見て甘い。けれど、その中でも鹿児島の醤油はとにかくべらぼうに甘い。なんでも歴史的に砂糖の入手がしやすい地域だったとか、南国では生理的欲求として甘いものを身体が欲するからだとか、色々と理由はつけられるが、とにかく事実として甘いのだ。

だから、辛口の醤油で慣れた舌がそれを拒絶してしまうということは、まれにある。それも、九州外の人間ならなおさら、その確率は上がるだろう。

僕は興奮気味にまくしたてる。

「おじさんが他県の人間だとすると、鹿児島の女性に入れ込んでしまってという夏輝の推理にも齟齬《そご》が生じないかい？」

けれど、西牟田さんは冷静だった。小さな顔が、呆れたように僕を見上げている。

「あのねえ、小金井くん。落ち着きなさいよ。別に他県出身の人が鹿児島にいることはそれほどおかしなことじゃないでしょう？　仕事の都合だとか色々と考えられるわよ。まさかそれだけで夏輝さんの推理が破れたなんて騒いでいたの？」

「あっ……」

西牟田さんにあっさりと論破されてしまい、僕はがっくりと肩を落としてしまった。

「ほら、気をしっかりと持って。元気に歩くよ」

唯々諾々と彼女の後を歩いた。

では、僕があの時に抱いた違和感はなんだったというのだろうか。今日の夏輝は、初めて女性を招き入れたためだろうか、やたらと飛ばしていた。そして、推理さえも。いつも奴にある繊細さが、したたかさが、今日は欠けていたように思えたのだけど。やっぱり杞憂《きゆう》なのかしら。

「しかし、そのおじさんも恋に破れたとはいえ、粋な真似をするもんだ。アネモネの花束なんて、すごく情熱的じゃないか」

「そうね、とっても綺麗だったわ。あのアネモネの花。神秘的な濃い紫色の花弁がさ」

僕はそう言って遠い目をする彼女を本気で二度見した。せざるをえなかった。幸いにして彼女は僕の挙動に気付いていない様子。もう騒ぐのはやめにした方が良さそうだ。アネモネの花言葉は確かに「君を愛す」だ。しかし、それは赤いアネモネの花に限った話である。先ほど辞典で開いたページを思い出す。赤いアネモネの花、その隣に載っていた紫のアネモネの花言葉は確か……。

「あなたを信じて待つ」

その事実に気付いてしまったのは、幸か不幸か僕だけであった。こうして鹿児島の長い夜は、釈然としない余韻を僕にだけ残して、ゆっくりと更けていくのだった。

◇

やらねばならないと思えば思うほど、逆に体は動かなくなっていくものである。やるべきことは山積しているはずなのに、いな、山積みになっているからこそどこから手を付けて良いのかが判然としないわけだ。情報処理能力をはるかに上回る問題が目の前にあり、手も付けることができない。始めてみれば存外容易なことでも最初の一歩を踏み出すのは難しい。そういった懸案が常に頭の片隅にまとわりついていれば、胃はきりきりと痛む。

それでも顔では笑って日常生活を営めてしまうのが人間という生き物の困った性質である。どんな状況にあっても美味い飯と酒があれば、万事良い一日だったということで締めくくられる。

そうやって甘えて、甘えて、おざなりにしてきたツケが回って来ただけなのだろう。酒場でもなし、「ツケといて」なんてできるわけもない。

僕は日曜日の早朝に鳴り響くアラームの電子音を切る中途、そんな哲学めいたことを考えていた。お察しいただけるだろうか、単に眠たいのである。

目覚めの悪い朝の絶望感たるや尋常なものではなく、思考も自然自然と暗いものになっていくものだ。それも休日にわざわざ早起きをして、二度寝の幸福も味わえないとなればなおさらである。

まあ、これも全部僕自身で決めたことなのだけど。

夏輝の交友関係が広がってからというもの、夏輝宅にはひっきりなしに多くの人間が往来するようになった。獣医学部の一年生岸本くんにオカルト好きな二木くん、勝手に弟子入りし目下料理の修業中の西牟田さん、そして僕。夏輝にとってはこの地に来て以来のにぎやかな日々だったことだろう。

ただ、妙なのは日曜日だけはいつも開け放たれた彼の家の鉄扉が固く閉じられているということなのだ。夏輝が在宅の場合、というか授業以外ではほとんどあの家にこもりっぱなしだからそれは常住坐臥なのだけれど、とにかく部屋の鍵は開いている。これはあいつが本質的に人との接触を求めていることの表れなのだから、この習慣は変わりようもない。

となれば、日曜日に限り鍵がかかっていることの答えは分かりそうなものである。どこかへ外出しているわけだ。

「日曜日くらいどこかへぱあっと遠出して気分転換しているのだろう」

明達なること森有礼《もりありのり》のごとき紳士淑女諸君はそう推察するのだろうが、まあ待ってほしい。趣味である料理をするうえで必須項目であるはずの食材の買い出しでさえ人に任せ、調理器具の購入もネット通販で済ませてしまうあの男が、果たして日曜日に意気揚々と出門なんてことがあるだろうか。

居留守というセンもない。天岩戸よろしく鉄扉の前で踊り狂うという変態的強攻策に打って出ようとも思ったが、人間としての尊厳を守るため踏みとどまった。それに、そのセンはすぐに立ち消えた。僕の愛車同然になっているあの軽自動車も駐車場から姿を消していたのである。

この事実はいよいよもって僕の頭を混乱させた。車を使わなければ行けないような場所に毎週日曜日に出ていく夏輝。そのことについて彼が触れることもこれまでなかった。

普通なら、

「先週の日曜日に遠出したときにさ」

くらいの感覚で成り行き上、毎週末の見聞を漏らすということが起きてもよさそうなものだが、それもなし。意識的に隠していると見るのは邪推だろうか。

むろん、人の私的な領域に過度に踏み入ることは節理に反する行為である。けれど、僕がこれから取り除こうとしている夏輝の膿《うみ》は、過干渉も辞さない覚悟がないと断ち切っていけない問題なのは明らかで、僕はその責任の重さから、これまで動こうとしていなかっただけなのだ。

それが原因で彼と僕との間に決定的な亀裂が入ってしまうことを怖れていたわけだ。けれど、よくよく考えてみれば、それで関係性が壊れてしまえばそれまでだったということ。彼の友人第一号を宣言した僕がその体たらくでは、ここまで築き上げた交友録だってまやかしだということになる。

そうならないために、いな、決してそうならないことの証明のために、僕は早朝の鹿児島の街を歩き、一路夏輝宅を目指すのである。

夏輝がいつごろ出発するのかは分からない。そのため、朝っぱらから外出するはめになってしまったというわけだ。張り込み先は夏輝宅横にある駐車場である。時刻は午前六時。幸い、まだ例の軽自動車は駐車されたままだ。僕は刑事ドラマのようにパック牛乳とアンパンを手に、主の登場を待った。何時間でも待ってやる。僕は不退転の決意でいたのだけれど。

「おい、お前なにやってんだこんなところで」

太い声がして我に返る。ぼんやりとしていた意識が、次第にはっきりとしていく。目を開いてはっとした。

薄明かりだった風景は一変し、太陽の位置は高くなっている。僕を大男が見下ろしていた。夏輝その人である。

どうやら、僕は待ち伏せの間に知らず知らず眠りこけてしまっていたらしい。最近は夜通し考え込むことが多かったから、バイオリズムに変調をきたしていたようで、あろうことかアスファルトの上でうたた寝をしてしまったのである。なんという不覚。

そういえば『走れメロス』でもメロスは友人の命がかかっているというのによく寝過ごしていたなと思い出した。強いて思い出す必要はない。しかし、この状況を夏輝にどう説明しようか。

夏輝はいつものタンクトップにワークパンツ姿で、何やら大きな段ボールを抱えている。とりあえずこのあたりから聞いてみようかしら。

「どうしたんだい、その大荷物？」

「質問に答えろよ、寝ぼけてんのか？　こんなところで何やってんだって聞いてるんだよ」

呆れたように夏輝は質問を繰り返した。けれど、これもあまり意味のあるものとは言えなかった。

僕の手にはくしゃくしゃになったアンパンの袋と牛乳パックが握りしめられている。日曜日に夏輝の車の前で僕が寝落ちしてしまっていた。この状況から、やはり夏輝は真相を把握していたようである。

「おおかた俺が日曜日になにをやっているのかをこそこそと探りに来たって腹だろうがな」

こうもズバリと言い当てられてしまっては、デカを気取っていた早朝の自分の姿が思い起こされいささか滑稽の感がある。ええいままよ。僕は気恥ずかしさを紛らわせるため、真正面から飛び込むことにした。

「君の言う通りさ、夏輝。いつも日曜日に訪ねると留守にしてるからさ。なにやってんのかなって気になって」

「あのなあ」

夏輝は重そうな荷物を下ろすとバリバリと後頭部をかきむしった。「聞けばいいだろ、それくらい。こんな待ち伏せなんて回りくどいことする前によ」

「え？」

瞬間、僕の目は点になった。確かにそうなのだ。

清田先輩との天文館での会合からこっち、どうも夏輝の言動を彼の抱える問題と結びつける癖がついていたようだった。聞かないから言わない。ただそれだけの理由だった。

「別にやましいことしてるわけじゃねえ。まあ、楽しいことかと言われれば疑問だが」

呆ける僕をよそに夏輝はせっせと荷物を車に詰め込んでいく。

「乗れよ。百聞は一見にしかず。付いてきた方が話は早い。どうせ暇だろ？」

その時、僕は夏輝が車の運転席に座るのを初めて見た。うじうじと深刻に悩んでいたのは僕だけのようだった。詮索屋は嫌われるもの。けれど、なんでも聞ける気の置けない関係性というのも世の中には存在する。僕はその狭間《はざま》で思い悩んでいたのである。

「今日は市内を離れるからな。晴太、飛ばしていくぞ」

慣れた手つきでエンジンをかけ、夏輝は言った。まあ、持ち主なのだから当たり前か。

とにかく、喫緊の懸案は解消されたわけだ。

「安全運転で頼むよ」

車は静かに走り出した。助手席で僕がうたた寝をすることはなかった。

◇

鹿児島県南九州市。市内から車を飛ばして一時間というとすぐそこのようだが、学生にとってそれは生活領域を大きく飛び越えた距離といえる。それゆえ、僕もこの地を訪れたことはただの一度しかない。

一年生の夏。運転免許を取得した記念に、仲間内でレンタカーを借りてドライブがてらここまで繰り出したことがある。大河ドラマのセットに迷い込んだかと錯覚させられる武家屋敷群に幕末のロマンを感じ、生け垣と石垣に囲まれた通りを歩いた。立ち寄った庭園には、桜島を一望できる仙巌園《せんがんえん》の雄大さとはまた違った厳かな雰囲気が満ち満ちていたのを覚えている。仙巌園もそうなのだが、随所に琉球《りゅうきゅう》や大陸の様式も採用されているのが、薩摩式庭園の特徴の一つでもある。小京都と言われることもあるけれど、京都とは趣も異なるわけだ。

一通り武家屋敷を散策して、それからだ。未だに鮮明に覚えているこの地での体験。

ドライブの締めくくりに立ち寄ったのが知覧《ちらん》特攻平和会館だった。僕はそこで人目もはばからずに泣いたのだ。特攻という非人道的作戦がまかり通ったあの時代、僕らと変わらない年齢の若者たちは、死地に赴く前夜に手紙をしたためた。その資料が、可能な限り残されている。

「お母さん」と何度も呼び続ける人、恋人への思いを断ち切れぬまま特攻していった人。家族へ、愛する者たちへ宛てた最期の手紙は、悲しみと温かみと勇ましさにあふれていた。家族に会いたい。彼らの咆哮を、無念の残り香を感じて、僕は一人目をはらしていた。

あの頃の友人たちとは、めっきりつるまなくなった。広い広い学び舎は、時に交友関係を希釈する。

石灯籠が等間隔で並ぶ国道を走りながら、見覚えのある風景にちょっとばかしおセンチな気分になった僕だった。夏輝は渋い表情のまま休むことなくハンドルを握っている。揺れも少なく急ブレーキもない、快適なドライブだった。

感傷に浸れる地なれど、行き着いた先は思い出の場所とは違っていた。

「ここは……」

学校だろうか。広くはないがグラウンドらしきものもあり、小綺麗な建物は曲線の多い近代的な造りをしている。しかし、僕の予想はあっけなく外れた。

「児童養護施設だ。行くぞ、お前も手伝え」

言うが早いか夏輝は積荷をどんどん下ろしていく。聞きたいことは色々とあった。けれど、夏輝のその真剣な眼差しにおされて、僕は言われるがまま段ボールを下ろしていく。そういえば、夏輝は運転席にいる時からずっとこんな顔をしていたなと思い出した。どうりで道中、会話もあまりなかったわけだ。

手にずっしりとした重みが伝わり、すぐに汗がシャツを濡《ぬ》らす。湿気の多いこの時期に、肉体労働は堪《こた》えるというものだ。

「まあまあ、夏輝くん。よくぞお越しくださいました」

施設長らしき初老の男性が飛び出してきた。にこやかな笑顔が好々爺《こうこうや》然としている。

「これ、今月分です。大学図書館から廃棄分を随分と引っ張ってこられました」

ぶっきらぼうにそう答え、夏輝は優に三人分はある段ボールを、僕はせいぜい一人分の荷物を、それぞれに持って施設の中へと入っていく。

「まだ少し時間がありますから、こちらでお待ちください」

施設長は待合室に僕らを通すと慌ただしく駆けて行った。

「ボランティアだよ。俺が毎週家を空ける理由はな」

僕からは声をかけにくいだろうと心中を察したのか、夏輝の方からそう切り出した。

「ボランティア……」

おおよそ夏輝の口から出ることはないと思われた言葉を嚙みしめ頭の中で反芻《はんすう》する。

「だから言ったろ。楽しいことかと言われれば疑問だってよ」

「なんのボランティアなんだい？」

「絵本の読み聞かせだよ。大学図書館で廃棄される絵本を譲り受けて、それを寄贈がてらに読むんだ。教育学部から絵本をいただくこともあるがな。鹿児島各地の児童養護施設が主な仕事場だ」

大男は鼻梁をぽりぽりと気恥ずかしそうにかきながら、しかし充足感を顔ににじませて言った。料理を作り終えたときのあの表情に似ている。夏輝が外でこんな顔をするのは初めてだなと思った。

「なるほどね。だからか、得心がいったよ。子どもの扱いにやたらと慣れていたのも、児童文学に興味を寄せていたのもそのためか」

僕はくだんの嘘つき少年の証言の謎を解いた際、まだ幼いケンタくんとの対話に驚くほど順応した夏輝の姿を思い出していた。

「どうしてボランティアを？」喉元までせりあがってきた言葉を必死で飲み込む。それは聞いちゃいけないことのような気がしたのだ。自分という人間について多くを語らなかった彼が、それを垣間見せてくれた。その心意気に背くような気がしたのだ。

「まあ、今日のところはお手伝い兼付き添いとしてお前のことは通しておくよ。せっかくだから見ていくか？」

夏輝は立ち上がる。「そろそろ時間だ。ここにいても暇だろ、付いてこいよ」

見てみたい。本心からそう思った。僕は友人として、彼のことをもっと知りたい。まだ知らない一面も、その全てを受け止めることが僕の使命だとも思った。

僕は大きく頷いて夏輝のあとを追った。

向かった先はプレイルーム。施設の子どもたちが車座になって待ち構えていた。

「さあ、みんなお兄ちゃんが来てくれたよ！」

施設長が声をかけると、一斉に子どもたちが夏輝を取り囲む。小学生や中学生くらいの子どもたちが目をらんらんと輝かせ、夏輝もそれににっこりとした柔和な表情で応じる。

事前の施設長による説明だと、ここでは五十名ほどの子どもが生活しているらしいのだが、そのほぼ全員が集まっているような印象を受けた。

「ねえねえ、お兄ちゃんどこから来たの？」

「ちぇー、夏輝って言うから美人なお姉さんが来るかと思ったのに」

「歳はいくつ？」

「夏輝さん、お久しぶりです！」

中にはませた子もいるみたいだ。質問の集中砲火を受けた夏輝は、その一つ一つに丁寧に答えていた。彼ら彼女らの内面にはＤＶやネグレクトによる心の傷、その他多くの家庭的事情があるはずなのだ。けれど、目の前にいる子どもたちのはしゃぎっぷりを見ていると、そんな背景は寸毫《すんごう》も感じられない。

「さあて、今日はお兄ちゃんが絵本をいっぱい持ってきたから、いくつか読んであげよう」

いつかケンタくんと話した時のように、声をオクターブあげて夏輝が号令をかけた。子どもたちもそれに従い、夏輝を中心にして半円状に広がる。

夏輝は次々に本を取り出して読み上げていく。日本のものもあれば、翻訳された海外の絵本もあった。切ない話、幸せな話、おもしろおかしい話。多種多様な物語に合わせて、夏輝は声のトーンを変容させる。

「上手いもんだ……」

やや離れたところにいた僕はぼそりとそうひとりごちた。

「ええ、彼の朗読はとっても上手くてね。職員たちからも好評なんですよ」

施設長もにこやかに同調した。「子どもたちの中には彼が来るのを心待ちにしている子も多いんです。本当に頭が下がりますよ」

夏輝が『舌切りすずめ』の絵本を取り出すのを見ながら僕は応じた。

「僕は彼のこんな姿は初めて見ましたよ」

施設長は目を細めた。

「彼ね、児童文学に造詣が深いんですよ。なんでも読書療法とかいうものを勉強しているらしくてね。さすがは大学生だ」

まあ、彼は経済学部の人間だから、あくまでその学びもボランティア活動への投資といったところなのだろうけれど。

「こいつ、絶対に許せない！　ムカツクよ!!」

突然、剣呑な声色が夏輝の流れるような語りを止めた。驚いて目を向ければ、小学校低学年ぐらいの女の子が一人立ち上がり肩をわなわなと震わせている。舌きりすずめでの悪役は、なんといっても舌をちょん切ったおばあさんだ。そのおばあさんに対して攻撃的になってしまうのはある程度は仕様がないことなのかもしれない。

そんなことを考えて夏輝を見る。しかし、違和感を覚えた。

夏輝が開いていたページにはすずめが糊《のり》を舐めるシーンが描かれていたのである。

「こんなすずめ、死んでしまえば良いのよ」

ついにはそんな乱暴な言葉を吐いてしまう始末。しかし、おろおろと慌てているのは僕だけで、周りの職員さんや施設長、当の夏輝も意に介さない様子で、朗読を続けていく。

「キョーコ、せっかく来てくれているのよ。座って聞きなさい」

年長者らしき女の子になだめられ、キョーコちゃんは再び腰を下ろした。しかし、すずめの絵が出てくるたびに、キョーコちゃんは罵詈雑言《ばりぞうごん》を浴びせかけるのだった。

「さ、さすがに止めた方が……」

傍観する施設長に僕はそう切り出した。しかし、彼はゆるゆると首を振った。

「今はダメです。夏輝くんのお話が終わっていません」

こう言われてしまうと僕はどうすることもできない。ただならぬキョーコちゃんの雰囲気に危機感を抱きながら夏輝の語りに耳を傾ける。夏輝は、まったく動揺するそぶりも見せずに『舌切りすずめ』の朗読を続けていく。

キョーコちゃんは終盤に到るまで、すずめへの攻撃をやめなかった。過激な言葉が夏輝の持つ大判の絵本へと向けられる。しかし、施設の子どもたちは慣れているのかいっさい揺らいでいない様子だった。

ラストシーン、おばあさんがつづらを開けヘビやムカデに襲われる場面になると、たまらずといった様子でキョーコちゃんは立ち上がった。

「もうやめて、やめてってば！」

そのまま踵を返し、とうとう部屋から出て行ってしまったのだった。

「たいへんだ、たいへんだ、たすけてくれ」

夏輝はかまわずもだえ苦しむおばあさんを演じている。まるで、部屋の外にいるキョーコちゃんへ声を届けるように。何度も、何度も……。

「いや、すみませんでしたね、夏輝くん。びっくりしたでしょう」

読み聞かせが終わり、子どもたちを生活スペースに帰したあとで施設長が申し訳なさそうに切り出した。

「気にしないでください」

夏輝はこともなげに切り返した。

「実はね、キョーコがああなってしまったのには、なんとなく見当がついてるんですよ。キョーコがここに預けられた理由ね。母親のトラブルが原因なんです。その、つまり……」

「男を多く作ったとか、そういう話ですか」

夏輝が鋭い一瞥を投げると、施設長も困ったように同調する。「まあ、そういうことです」

なんと。こともなげに真相を言い当てた夏輝に僕は切り出す。

「どうしてわかったんだい、夏輝？」

「舌切りすずめに込められた本当の意味を知ってるか？　あれは決して悪さをしたばあさんをこらしめる勧善懲悪の話じゃねえんだ。すずめは若い女のメタファー。つまり、じいさんが長年連れ添ったばあさんを捨てて若い女を迎え入れるという構図なんだよ。キョーコの深層心理が、この部分と共鳴して過剰な反応を生んだとそんなところだろうとは思っていた」

愕然《がくぜん》とした。しかし、それは夏輝が語った事実に対してではなくて。

「どうして事情を推し量ったうえで、なおも物語を読み続けたんだよ。夏輝！　キョーコちゃんはやめてくれって必死に訴えていたんだよ？」

キョーコちゃんの絶叫がよみがえる。自分の中の捨てきれないトラウマを吐き出す、彼女の身を焦がすような心の痛み。助けを求める心の叫び。それらが針を刺すような痛苦となって僕に跳ね返ってきた。

夏輝はむっとした表情を浮かべ、僕をねめつける。

「しんどくないわけねえだろ。でもな、俺はあの場で読み続けることしかできねえんだ」

「どうして！」

「あの場で語りを止めて、キョーコを追いかけて、俺になにができる？　他人の人生にあれ以上立ち入ることは俺にはできない。あの場がぎりぎりのラインなんだ。一介のボランティアがそこを越えちゃいけねえんだよ。だから、俺はキョーコの痛みを分かったうえで読み続けた」

一触即発の様相を呈してきた僕と夏輝を見かねて施設長が割り込んできた。

「まあ、落ち着いてくださいよ。小金井くんといったね。残念ながら、このケースでは夏輝くんに同意せざるをえませんね、僕は」

なんで、どうして。出かけた言葉はまたしても声にならずに虚空に消えていく。施設長の顔色に厳しさが宿っていた。

「無制限に手を差し伸べることは本当の善行とは言えません。この施設はね、小金井くん。子どもたちの自立を促すための施設なんです。彼ら彼女らは、高校卒業を機にここを出て行かなければならない。キョーコだって同じです。我々は夏輝くんと同じ場所で踏みとどまって祈ることしかできない」

そうして施設長は厳しい表情を崩すと、莞爾として笑った。「もちろん、外の世界で苦しんでいる人がいれば存分に手を差し伸べるべきだ。その気持ち自体は間違っていないんですよ」

僕は狐につままれたような心持ちで、うつろに首肯することしかできなかった。じゃあ、僕が企てていることはいったい……。

帰路、無言の車内で随分と考えてみたのだけれど、結局、市内に戻り桜島を拝む段になっても答えは出ないままだった。

答えは出なくとも時間は流れるし、場面は展開していく。そして、それがまた思いがけない謎を運んでくるということも。

なんとなく気まずくて、僕ら二人は無言で駐車場から夏輝宅へ向かっていた。ここで解散とするのはお互いにバツが悪いので、何も言わずとも夜からの予定は勝手に立ってしまっている。夏輝としても一仕事終えたあとだ。なにもなしというのは締まらないと考えていたようで、僕が階段を上る彼の後ろについて行っても、それを諫《いさ》めるようなことはしなかった。彼にとっても、これは当然の流れなのであろう。

ぎこちなく絡まった糸は、ゆるりとした日常の流れの中に落としてやれば、存外すぐにほどけるものなのだ。いつだってそうしてきた。そして、これからも。そうであったらどんなに幸福だろうかと僕は思う。

「あ、夏輝さん。こんにちは」

玄関先には先客が一人。待ちくたびれたように伸びをしてぺこりと頭を下げた。ここ数日姿を見せなかったので、そろそろかなと思っていたけれど、まさに読み通り。西牟田さんのご登場である。今日はTシャツにオーバーオールを合わせたスタイルで決めている。

「亜子か。また料理の研究か？」

「ええ、もちろん。弟子として今日もお手並みを拝見しようかと思って」

ちらと僕に目を向ける。「小金井くんもいることですし、宅飲みをしないなんて選択肢はないいんじゃないですか？」

既に答えは決まっているようなものだ。西牟田さんの手には焼酎瓶が握られていたのだ。

「しょうがねえな、お前ら」

ようやくいつもの雰囲気に戻った夏輝は、鷹揚《おうよう》に手土産を受け取ると鉄扉を開けた。

「といっても食材がない」

夏輝はコタツ机前で腕を組んでいる。

「さて、今日は何を作ろうか」

鼎談《ていだん》の始まりである。

「最近、暑いですから辛い物で汗をかくというのはどうですか?」

「お、いいねいいね」

西牟田さんに同調する。

「となると中華か……」

「でも、それは前に作ったじゃない」

西牟田さんはかぶりを振った。

「それもそうだな、中華鍋も使いたいところだが、それじゃおもしろみがない」

こと人をもてなすことに関しては一切の妥協を許さない夏輝も、本日は中華を作る気はなさそうな気配である。

となると……。

「よし、決まった。今日はインド料理にしよう」

ぴしゃりと膝を打った夏輝はさっそくメモの準備に取り掛かる。当たり前のように動きやがるな。ということは、今日も運転は僕か。知覧へ往復した流れであわよくば今日こそは夏輝も買い出しに同行してくれるやもしれぬと期待した僕がアホだった。けれど、戻って来た日常の風景に安心感を覚えているのもまた事実だった。朝の悲壮なる決意が消えたわけではないのだけれど、それはまるで旅行から帰ってきての第一声が「やっぱり我が家が一番よ」とつい呟いてしまう、あの感覚にどこか似ていた。

「た、助けてくれ……」

声がしたのは、西牟田さんと二人して夏輝のメモを覗き込み、聞いたこともない食材の名を目で追っている最中だった。かすれるような男の声が聞こえた。反射的に夏輝と西牟田さんの顔を確認する。二人とも、怪訝そうな表情で周囲を見回していた。どうも、僕の聞き間違いというわけではないらしい。

「おい、今の」

夏輝がそう言って口を噤む。西牟田さんが鼻のあたりに人差し指を持ってきて、声の所在を探るために黙るようジェスチャーしたからだった。

誰かいるのか？

その事実を認めた途端、血の気が引き、全身が総毛立つのが分かった。西牟田さんの表情も青ざめていき、夏輝もごくりと喉を鳴らした。沈黙が確かな存在感を持ってワンルームを包み込む。心臓の拍動が速いビートを刻んでいく。

絹がこすれるような音が微《かす》かに、しかし一定のリズムを保って耳に届いていた。何か大きな物体が地を這《は》う音だ。三人して身を寄せて立ちすくみ、耳を澄ます。聴覚がすさまじい速度で五感を支配していく。そして、六つの瞳は、ほぼ同時に、その音源の所在を摑んだ。視線は、夏輝の部屋の一角、シングルベッドへと集まっていた。

勝手知ったる友人宅。その超私的な空間に異物が混入しているという事実が僕の足を震わせる。地に足をつけているという感覚が薄れていくのが自覚できた。音の主が、姿を見せた。遅々とした速度で、しかし確実な推進力をもって、長髪の男が匍匐前進《ほふくぜんしん》の要領でベッドの下から這い出てきたのだ。

「うわあああああああ」

僕の絶叫が沈黙を破る。西牟田さんは「ひっ」と短く喉の奥でうめいて絶句し、動けない。夏輝でさえ、一歩を踏み出すことができなかった。男は全身をベッドの下から出すとむくりと身体を起こした。すらりとした長身で、やせぎすの、精気ないやつれ顔。だぼついたジーンズを引きずってこちらに青ざめた表情を向ける。

瞬間、僕はこの男への怒りにも似た感情を覚え、ほとんど脊髄反射で考える前に叫んでしまっていた。

「なにやってんだよ、二木くん！」

二木武明は、不健康そうな表情に不気味な笑みをたたえて、バツが悪そうににやりとはにかんだのだった。へなへなと崩れ落ちたのは西牟田さんだ。

「ちょっと悪い冗談はやめてよね、二木くん」

その瞳は恐怖から解放された安堵感からか、心なし潤んでいるようにも見えた。西牟田さんが夏輝宅で二木くんと会うのはこれが初めてだが、同学部の学生である。見知った仲だ。

「武明、てめぇいつからいやがった！」

勢いの戻った夏輝はずいずいと二木くんに近づくと、どんと胸を小突いた。

「いや、驚かせてしまって申し訳ない」

二木くんは形式上、ぺこりと頭を下げると続けてこう言った。

「でも、まあ待ってくれ。是非、聞いてほしい話があるんだ。立ち話はなんだ、座ってくれたまえ」

「なんで、てめえが仕切ってんだ。ここは俺の家だぞ」

憎まれ口を叩きながらも、夏輝はコタツ机の前にどかりと巨軀を落とした。僕と西牟田さんもそれに呼応し、最後に二木くんも。なんだかいつにも増して、二木くんの表情は生気を失ってしまっている。どうにも、不健康な生活が原因でバイオリズムに変調をきたしただけではないように思える。

この段になってようやく僕の心臓も正常なリズムを刻み始めた。そういえば、二木くんの第一声は……。

「助けてくれって言ってたよね、二木くん」

二木くんは我が意を得たりと目に不気味な輝きを宿し、首肯した。

「なぜ、僕が夏輝君の家に潜み、そしてベッドの下に隠れるような真似をしなければならなかったのか。それは、僕が視たあるものに起因している」

「やめてよ、二木くん。ようやく落ち着いてきたっていうのに」

怪異譚の幕開けのようなおどろおどろしい二木くんのいつもの調子に、嫌悪感を剝き出しにした西牟田さんが耳を塞ぐ。どうやら、二木くんの人を怖がらせるという悪癖がまた性懲りもなく顔を覗かせたと思っているみたいだ。状況から考えてその可能性がないでもないけれど、今日の二木くんはいやに真に迫っているようにも見えた。少なくとも、彼がオカルト研究会に入部することを決めた際に彼が語った「霊の声を聞いた」という話よりはよっぽど。

なお嫌がる素振りを見せる西牟田さんを、まあまあととりなす。夏輝も多少は興味を惹かれたようで、眉根を寄せて口角をわずかに上げた。いつだって、謎に対するこいつの嗅覚は誰よりも鋭敏だ。悪い、西牟田さん。どうも、ここは二木くんの怪異譚を聞き終わった後でなければ、夏輝の本格インド料理にありつけそうもない。夏輝にとって、謎解きは食後のデザートに等しいのだから。

二木くんは滔々と語り始めた。

「僕が夏輝くんの家にいるのは昨晩からだ。実は、昨日は夏輝くんと二人で宅飲みをしていてね。彼入魂のメキシコ料理に舌鼓を打っていたわけだ。サルサソースが牛肉によく合って酒が止まらなかったよ」

僕の腹が豪快な音を立てた。ディナーを前に、そういう話は慎んでいただきたい。対して、夏輝は頭を抱えている。

「てことは、お前、昨晩からずっと家にいたわけか？」

「そうなんだよ」

二木くんは大きく嘆息した。

「いやね、これにはマリアナ海溝よりも深いわけがあるんだ。僕と夏輝くんが二人で酒を交わすとなると、話題は当然にして妖怪変化、怪異の存在の是非というものに収束していくわけだ」

僕は苦笑した。僕らと飲む時ですらそうなのだから、彼の言うようにそれは当然の帰結なのだろう。毎度、顔を合わせるごとにお互いが喧嘩腰に吹っかけあうものだから、慣れていないと見ているこっちがハラハラする。けれど、ここ数週間同様の場面に何度か遭遇するうちに、僕にも二人の喧嘩を、プロレスを観戦するときのような心持ちで見物する余裕も出てきた。

「ねぇ、この二人って仲良いの？」

西牟田さんが小声で耳打ちしてきた。僕は肯定とも否定ともつかない様子で、難渋な表情をして首を傾げた。本質的にいがみ合っているわけではないのは確かである。まったくもって解答になっていないことは承知している。

「昨日の夏輝くんの舌鋒はいつにも増して鋭くてね。珍しく勢いにのまれた僕は、けちょんけちょんに言い負かされてしまったというわけさ。オカルト研究会部員としては忸《じく》怩《じ》たる思いだったんだよ」

夏輝の負けず嫌いも相当なものだから、静止役の僕や岸本くんがいなければそうなってしまうのも無理はないだろう。夏輝は眉間に皺を寄せて唸っている。反省でもしているのかしら。

「そこで僕は何とか夏輝くんに一泡吹かせてやろうと一計を案じた。それが……」

「朝一番に外出すると聞いていた俺を驚かしてやろうとした。そんなところか」

夏輝はため息を一つ。西牟田さんも「呆れた」と一言。しかし、あからさまにシラけた反応を見せる二人を見てへこたれるような二木くんではない。思えば、こういう子どもじみた発想をするその純粋さが、一つの物事に没頭できるという彼の習性を生み出しているのかもしれない。

とにかく、まだ彼が視たものの正体も明らかになっているわけではないのだから、話がここで打ち切りになろうはずもなかった。

「その通りさ。夏輝くんの就寝を見届けて、僕は夏輝くんのベッド下に潜り込み、時が来るのをじっと待っていた。靴があると僕がいるのが露見するから、ベッド下に共に隠してね。けれど……」

二木くんは一旦、口を噤んだ。なんとなくその先の言葉は分かりそうなものである。僕が続きを答えた。

「で、そのまま寝落ちしてしまったわけだ」

二木くんは恥ずかしそうに頭をかいた。なんだか他人事のような気がしない。オカルト研究会入部以降、華麗に夜型人間へと変貌を遂げた二木くんが、休日の朝ぼらけに意識を保っている方がおかしいのだ。

「僕は覚醒と同時に計画の失敗を悟ったよ。まあ、そのうち帰ってくるだろうと思い、それなら帰宅時を狙って驚かせてやろうくらいの感覚で、夏輝くんの家で留守番をすることに決めたのさ」

「鍵を開け放してとっとと帰る方が迷惑だもんね」

西牟田さんだ。夏輝に連絡をしてわざわざ引き返してもらうという手間を考えても、おとなしく留守番をするという選択は、まあ友人であればない話でもない。懲りずに驚かせようとするその魂胆だけは理解に苦しむけれど。

「しかし、待てど暮らせど、夏輝くんは帰宅しない。さて、どうしたものか。いつも時間が欲しい時間が欲しいと人は言うけれど、思いがけず強制的に突きつけられた暇が、こんなにも途方もなく間延びしたものだとは思わなかったよ。随分と時間が過ぎたな、もう夕方かななんて思って時計を見るとまだ三時！　その時の徒労感といったらなかったね」

二木くんはやれやれと言って首を振る。こっちの台詞《せりふ》である。

「ねぇ、もうこの話やめにしない？　早く買い出しに行きたいんだけど」

あからさまにそわそわし始めた西牟田さん。行動力のある彼女だからこそ、こなすべきタスクを前にお預けを食らっているような現状は不本意なのだろう。さっきからオーバーオールのサスペンダーを付けたり外したりして落ち着かない様子だ。それを知ってか知らずか、夏輝はがっしりと腕を組み、動かざること山の如き雰囲気である。

「そんな折、玄関の鉄扉の鍵が開く音がした。いつまでも続くかしれない常闇に一条の光が差し込んだようだったよ。僕は嬉々として、再びベッドの下へ身を滑らせた。夏輝くんの驚く顔を見て僕は一矢報いる……はずだった」

再び、二木くんの声のトーンが一段下がった。まるで、本題はここからだと言っているみたいに。

「入って来た者が、どうも夏輝くんではないことだけが、僕にははっきりと分かった。ぼそぼそと何やら独り言を呟きながら、部屋中を徘徊する人影に僕は戦慄したんだ。今、出て行ってはまずいことになる。僕は生まれて初めて本当の恐怖というものを感じた。体はすくみあがり、微動さえ許さない。ただ息を殺し、すぐ傍《そば》にいる何者かが出ていくのを待つだけだった」

僕は生唾を飲み込んだ。

「ほんの数分の出来事だったと思う。けれど、僕にとってそれは永遠にも感じられた。恐ろしく長く重く濃密な苦悶《くもん》と煩悶の時間だった。僕は怪異を志向し、妖怪変化を偏愛しながら、その姿を拝む段になって真相を追及できなかった。そして、人影は最後まで解読不可能な呟きを携えて、部屋を出て行ってしまった。鍵が閉まる音が聞こえた後も、僕は底知れぬ恐怖をぬぐいきれず、君たちの声が聞こえてくるまで、縛り付けられたようにベッドの下で打ち震えていた。こんなことは初めての経験だよ。開聞《かいもん》トンネルに調査へ出向いたときでさえ、こうはならなかった。まったく情けない話だよ」

二木くんは大きく大きく嘆息すると、夏輝の顔を下から覗き込んだ。

「夏輝くん、この話どう思う？」

夏輝は即応した。

「どうせ、俺たちを怖がらせたいんだろ？」

茶化すようにそう言う。二木くんは憤慨したように鼻を鳴らした。

「ちょっと待ってくれ。そりゃあ、僕がいつもする怪異譚は、ある種エンターテインメント的に皆に怖気を震わせてやろうという意図がないでもない。けれど、今回の一件は、僕がつい先ほど味わった実体験だ。そういういなし方はちょっと違うんじゃないのかい」

信じるか信じないかは君たち次第だ、なんて言いまわしを平生から好んで使う二木くんだ。なんとしてでも僕の話を信じてくれとムキになる、この様子は確かに普段とは少し違う。とすると、彼が今しがた話した見聞はひょっとして……。

背筋に嫌な感覚が走った。猜疑と信憑《しんぴょう》との相克で、僕の思考がぐちゃぐちゃにかき乱される。彼が見聞したものとはいったいなに……？

「と、とにかく！」

西牟田さんがすっくと立ち上がった。

「料理がないと始まらないわ」

夏輝も同調する。

「話は食事にありつきながらだ。晴太、買い出しを頼むぞ」

言いながら、さっきのメモをひらひらとする。飛びついたのは西牟田さんだ。彼女は二木くんの話が終わるのを今か今かと待ちわびている趣だったから、当然と言えば当然の反応だろう。まあ、いずれにせよ料理をして、美味い酒にありつかないことには夏輝も動いてはくれないだろう。右に倣えで僕もメモを覗き込む。

「ええと……、なになに」

【不足食材リスト】

鶏もも肉
玉ねぎ
ニンニク
しょうが
カシューナッツ
クルミ
ホールトマト
生クリーム
ヨーグルト（無糖）
ココナッツミルク
ギー
フェンネルシード
クミンシード
カルダモン
クローブ（ホール）
シナモンスティック
チリパウダー

ターメリック
コリアンダー
ガラムマサラ
……ｅｔｃ．

西牟田さんと二人して目を合わせる。メモにはいつも以上に見たこともないカタカナが羅列されている。こりゃ大変そうだ。

「夏輝さん、ちょっとこれは私たちの手に負えませんよ」

夏輝は嘘だろといった具合に目を見開き、

「そりゃスパイスは多いが、ちょっと探せばこれくらい……」

そこまで言ったところで、西牟田さんは言葉をつなぐ。

「一緒に付いてきてくださいよ、心配ですから」

パンと手を叩き、そのままやおら立ち上がると夏輝の手をとった。なんということだ。夏輝はみるみるうちに赤面し、顔を背けた。お構いなしに西牟田さんは大男の手を引いていく。

「わかったわかった、付いていけばいいんだろ！」

観念したかのように夏輝は渋面を作る。

「ほら、木佐貫さんも夏輝さんに会いたがっていたことですし」

とってつけたような理由を加えて、夏輝を急《せ》かす西牟田さん。いつになく積極的である。振り向きざま、彼女は僕にウィンクをした。なるほど、いつも買い出し組の僕を気遣ってのものだったか。

「武明、なにぼさっと座り込んでんだ。お前も行くぞ！　もう留守番は懲りただろ！」

西牟田さんに両手で背中を押されながら、夏輝が呼びかける。はっとしたのか、二木くんはやにわに立ち上がり、よほど慌てたのかコタツ机にしたたかに足をぶつけ、うめき声をあげた。

「なにやってんだ、あいつ」

それを見る夏輝の顔がわずかにほころんでいた。こういう表情も、彼はできるようになったのだ。

結局、ハンドルを握ったのは僕だった。持ち主を助手席に乗せるというわけのわからない構図で走り出した軽自動車は、今日も買い出しの食材をわんさと積んで帰宅する。木佐貫さんは、久しぶりに夏輝に再会したのがよほど嬉しかったのか、バックヤードから割引券を持ってきてくれた。西牟田さんに睨まれていたけれど、僕は木佐貫さんのこういう人情味は好きである。

みんなで分担して荷物を運ぶ。クリーム色のアパートの壁面に斜陽が照り返し、きらきらと輝いている。この分だと、もうじき日は落ちていくだろう。

鍵を開けて部屋の中へ。何一つ変わらない日常の動作。そして、眼前に広がるのは変わることのない日常の風景。それを友人と共有できていることほど幸福なことは他にないのかもしれない。

しかし、見慣れているからこそ、些細《ささい》な変化にも敏感になるものだ。自宅の風景の一角にわずかばかりの違和感を覚え、いち早く夏輝がそれに反応した。

「おい」

ドアノブを持ったまま、彼は僕ら三人へ振り返る。

「この靴、誰のだ？」

「えっ……」

大柄な夏輝の脇からひょっこりと顔を出す僕。玄関を覗き込めば、確かに普段、皆が履かないようなツヤのある光沢を放つ革靴が、きれいに揃って置かれている。

「さ、さっきまでこんなものあったか？」

二つ目の夏輝の質問にも誰も答えることはできない。冷や汗が背中を伝った。

「おいおいおい、冗談じゃないぞ！」

二木くんが探偵小説の被害者が吐く最後の台詞みたいなことを言い出したものだから

もう大変だ。普段はしゃんとして皆を取りまとめる西牟田さんまでもあからさまな狼狽を見せ、動揺が一気に全員に広がった。

夏輝が部屋へ押し入り、皆もそれに続く。買い物の荷物を投げ出すと、ベッドの下、ベランダなど隈《くま》なく探し、闖入者《ちんにゅうしゃ》の居場所を特定しようとする。狭いワンルームだ。すぐにそれは分かった。

「うわあああ」

二木くんがトイレのドアを指さして絶叫した。指先がぷるぷると震えているのが遠目にもはっきりと確認できた。四人してトイレを包囲する。ドアの表示窓を確認する。そこには、赤色が差していた。そう、内側から鍵が掛かっていたのだ。

二木くんの話がフラッシュバックしてくる。怪奇に傾倒し、それを語ることを楽しみ、戯れるのが常だった彼のあのただならぬ様子。再び湧いてきた恐怖心が僕を縛り付ける。

「と、とにかく逃げろ！」

言うが早いか、二木くんは決死の形相で部屋を飛び出した。それが呼び水になったのか、西牟田さん、そして僕が脱出し、困惑気味の夏輝が逃走劇のしんがりを務めた。

僕らは怖気を震いながら、最寄りのコンビニへと立ち寄り、しばらく時間を潰してから帰路につく。終始、鳥肌が立ちっぱなしである。

警察に相談をという意見を出してみたが、事実が不明瞭すぎるという理由で西牟田さんと夏輝が却下した。となれば、闖入者が逃げ出したことを信じ、家へ戻るしかない。

闖入者とばったり遭遇なんてことはなかったけれど、訪問者ならいた。鉄扉の前には、岸本くんがぼうと立っている。もうすっかり日は暮れてしまっていたけれど、サマーニットの爽やかなブルーが宵闇に映えている。

「あ、皆さんお揃いで。どうしたんですか？　家をあけたまま留守にするなんて。不用心ですよ」

げっそりとした表情の僕らを見て、後輩は眼鏡の奥の瞳をきょとんとさせている。夏輝は岸本くんを押しのけて部屋へと飛び込んだ。トイレを確認し、「鍵は開いている」と短く告げ、躊躇なく扉を開けた。

「誰もいないみたいだ」

しげしげと玄関口でその様子を見つめる一同。夏輝はため息を一つつくと、岸本くんへこう問いかけた。

「おい、大輔。お前、ここに来るまでに誰かとすれ違わなかったか？」

「そう言えば……」

岸本くんは顎のあたりに手をやって、

「一人、このアパートで初老の男とすれ違いましたが……」

「もう少し詳しくだ、大輔。このアパートのどのあたりですれ違った」

「えーと、四階を越え、五階を目指しているときです」

それを聞き、暫時天を仰いだ夏輝。心を落ち着けるように部屋を一周ねめつけるように点検すると、固まるほかない僕らに「部屋から盗られたものは何もない」とだけ言った。緊張の糸が切れた僕を倦怠感《けんたいかん》が襲う。そういえば、今朝は早かったのだ。

「とりあえず、飯の支度するから全員上がって待ってな。大輔、お前も食うだろ？　今日の献立は本格インド料理だ」

それを聞くやいなや、岸本くんの瞳が輝き、腹は豪快な音を立てた。返事としては十分だ。

「ほらほら、みんな上がった上がった。今日もたくさん食べて、たくさん飲んで！」

とにかく、何らかの危機は去ったのである。浮かない表情の二木くんと西牟田さんに気を遣って僕も気丈に振る舞ってみる。

「お前が作るわけじゃねえだろ、晴太！」

すぐに夏輝に突っ込まれた。こりゃ失敬。しかし、今日も買い出しの運転は僕がしてやったのだから、少しくらい大目に見てほしいものである。まあ、この仕打ちも我慢してやらんでもない。心に巣くったモヤモヤは、この偏屈マッチョがきっと取り払ってくれるはずだから。

◇

基本的に夏輝宅の客人は、彼が料理を作っている間は暇を持て余す。なにせ、夏輝が今日買った食材の中にカレー粉やカレールウの類は入っていない。曰く数種類の原形そのままのスパイス（ホールスパイスと言うらしい）で香りをしっかりと引き出し、これまた数種類のパウダースパイスで味を調えるという念の入れようなのだ。それにコク出し用のナッツ類もペーストにして入れるというのだから、彼をして「本格」と言わしめる料理であることは間違いない。

その証拠に、先ほどからスパイスのなんとも形容しがたい良い香りが部屋に充満しているのだ。唐辛子のように、涙が出てくるような刺激的な香りではない。どこか甘く、どこか爽やかな香りが複雑な調律でマッチングしている。

西牟田さんはメモ用紙になにやら熱心にペンを走らせ、目下修業中である。これだけ熱中されると声を掛けづらくなる。

徐々に各々が各々の雰囲気に戻っていった。二木くんも口数は少なかったけれど、一目散に家を飛び出したときとは打って変わって、僕との会話の中で特有の不敵な笑みを浮かべる場面も増えてきた。何事も喉元過ぎればなんとやらで、誰にも実害はなかったとあれば、人は己の欲求に従い、腹を満たすことを考え始めるわけだ。

「へぇ、そんなことが……」

岸本くんは事のあらましを聞くと興味深そうに眼鏡を上げ下げして唸っている。僕ら当事者が抱いたのは恐怖心だが、外野の彼にとってそれは好奇心の対象でしかない。

「できたぞ！」

少し遅くなってしまったが、食卓に料理が運び込まれる。タンドリーチキンとバターチキンカレーが、スパイシーな香りをまとってコタツ机に並ぶ。さすがに五人して車座になるとぎゅうぎゅう詰めの感が否めないため、夏輝は折り畳みの机を持ってきてそこを自分の陣地としたようだった。お誕生日席みたいだね、とは言わないことにした。

二木くんが語った何者か。そして、先ほどのひと騒動と岸本くんの証言。考えなければならぬことは山積していたけれど、空腹につき、しばし夏輝の料理をがっつくことに決めた。それは他の皆も同じだったようで、「いただきます」の号令とともに、スプーンに各人の手が伸びる。夏輝は美味そうに焼酎を呷りながらそれを眺めていた。今日も料理にはあまり手をつけないつもりらしい。

「美味いね、このカレー。コクがあって複雑な味で、スパイシーなんだけど甘みもあって……」

鼻を抜ける爽やかな香りは、スパイスが織りなすものだろうか。スプーンでがっつく。

上手く形容できない。

「とにかく美味しいよ」

「そりゃそうだろうよ。インドカレーの場合、味の柱はチリパウダー、ターメリック、コリアンダーなんだが、この比率が難しいんだ。バランスを間違えると味が崩れちまうからな」

得意げに分厚い胸を張る。西牟田さんセレクトの渋めのビールがまたカレーと合うのでひりついた喉元にごくごくと流し込める。額に汗が浮かび、代謝が促進されているのが分かる。

岸本くんが「美味しい」と連発しながら気持ち良いくらいに飯を食らってる。いったい、その細身のどこにそれだけのキャパシティーがあるというのか。若いって素晴らしい。

「なあ。そろそろ本題に移らないかい？」

香ばしく焼き上がったタンドリーチキンにかぶりつきながら、二木くんが言った。誰も何も言うことはなかった。それを肯定の意ととった二木くんは空咳を一つ。まずは自身の見解を述べた。

「僕が最初に見たもの。あれは生霊だと思うんだ。奄美《あまみ》の方ではイキマブリとも言うね。生きている人間の強烈な思いが霊体として具現化して取り憑くというものだ。古典の世界では六条御息所《ろくじょうのみやすどころ》が有名だね」

「あのなあ、武明。俺はなにも人から恨まれるような真似をした覚えはないぞ」

「なにも君に取り憑いたって言ったわけじゃないだろう。この家に出入りする機会の多い人間がいれば、そいつに取り憑いたという可能性だって考えられるわけだ。だからこそ、僕は最初、君たちに会ったときに助けを求めたのだけど……」

　そこまで言って二木くんはゆるゆると首を振った。

「なんだか、それは僕の思い過ごしのような気がしてね」

「あなたが早々に心霊説を否定するなんて珍しいじゃない。どういう風の吹き回し？」

　西牟田さんが缶ビール片手に疑問を呈する。

「だって生霊が行儀よく靴を揃えて侵入してくるなんてことがあると思うかい？　そもそも生霊は良いにつけ悪いにつけ、他者からの強烈な感情が発露した結果となって現れるもの。僕を含め、この中に人間関係でのトラブルで恨まれるやつなんかいないし、みんな独り身だ。嫉妬されることもないだろうからね」

「それもそうか……」

　いつも二木くんの怪異譚に怖がらされてばかりの岸本くんが、得心したように呟く。

本人から怪異説を否定する論が出て、安心しきっている様子だ。

　二木くんの言いたいことは分かる。それに、今になって、なぜ二木くんが狼狽するほどの恐怖を感じていたのかが分かった気がした。本来なら、怪奇現象を前に嬉々として突っ込んでいきそうな彼が、ベッドの下から動けなかった理由。それは、謎の闖入者が現実と地続きの恐怖を孕んでいたからなのだろう。

鍵を開けて侵入してくる人影。それは冷静に考えてみれば、人為的に作られた現象であるとする見方が正しい。それは、二木くんの好物である超常的な現象とは本質的に相《あい》容《い》れないわけだ。

「不安を煽るような真似をしてしまって悪かったね」

照れ隠しなのか、二木くんはけらけらと笑って見せた。妖怪の親分みたいな顔をしていた。

話の焦点が定まってきた。

「じゃあ、議題は決まりだね。二木くんと岸本くんの見聞した初老の男性は、いったいなんのために夏輝宅に侵入したのか」

「ちょっと待ってよ、小金井くん。二木くんが見た人影と岸本くんがすれ違った男性が同一人物だというのはちょっと短絡過ぎるんじゃない？」

慌てて西牟田さんが横槍を入れてきた。

「確かにその指摘はもっともだ。けれど、これはあくまでもそれを前提にした仮定の話だ。だいいち、一日のうちに不可解なことが二度起きているんだし、岸本くんの目撃した男性を容疑者その一にして考えた方がとっかかりが作りやすいだろ？」

不承不承、西牟田さんは引き下がる。夏輝をちらと見ると、勝手にしろよとばかり芋焼酎をぐい飲みしている。では、存分に勝手にしよう。できれば、夏輝の力も借りたいものだけれど。

「まず、男性はどうやって鍵を開けたのかという謎を解決しなければならないけど……」

「そりゃあ、ピッキングだろう。侵入者はピッキングの達人だった」

「二木くん、残念ながらそれは却下だね」

僕は首を振る。

「ピッキングの達人が鍵を開け、人の家に侵入する。これは十中八九、空き巣目的です。それも計画的な犯行。にも拘らず、この部屋から盗まれたものはありませんでした」

相変わらず、岸本くんは相手の意図を慮《おもんぱか》って話をつなぐのが上手い。かしこい証拠である。

「くわえて言えば、ここはアパートの最上階。一階ならベランダから外へ逃げることも可能だから優先して狙うならばふつうは一階の部屋だ。逃走経路を一つわざわざ潰すなんて真似をプロの空き巣がするとは思えない」

「それもそうだな、小金井くん。一階の部屋に忍び込んでおけば、家主が帰宅した際に、急いでベランダから逃げ出すことも可能なのだが、ここはアパートの五階だ」

二木くんが補足した。

「そういうこと。だいいち、二度も同じ方法で部屋へ侵入しておいて、何も行動を起こさずに帰っていくというのが、まず行動原理からしてありえない。以上のことからピッキングで何者かが侵入した可能性は薄いというわけだ」

夏輝の推理演説を間近で見てきた経験値だろうか。猿まねではあったが、我ながらけっこう板についていると思う。推理を巡らせる営み。これは、なかなかどうして快感である。

一瞬間の沈黙が訪れる。夏輝は依然として一言も発することなく、眼光炯々《けいけい》として虚空を睨み、焼酎を呷っている。放っておいてもよさそうだな、これは。

「でも、岸本くんがすれ違ったのは四階を越えたタイミングよ。男性が夏輝さんの部屋から出たところを見たわけではないわ。五階になにか目的があったというのは否定しないけれど、隣の部屋を訪れていた可能性だってあるはずよ？」

「だとしても、このアパートの最上階には二部屋しかない。確率は二分の一。低くはないだろう」

西牟田さんにそう言って反駁してみる。強引なやり方ではあるけれど、ここは色々な可能性を示しておいた方が後々のためには良い。しかし、今日の西牟田さんはいやに噛みついてくるな。それだけ僕の推理が綱渡りであることの証左だとすれば、こんなに悲しいこともない。それでも、門前の小僧は慣れない経を読み続ける。

「ピッキングではないなら、扉を開ける方法なんて一つしか考えられないよ」

「合鍵か！」

合点がいったように二木くんがぴしゃりと膝を打った。僕は満足したようにこくりと首肯する。唇を舐める。

「例えば、アパートの管理人なんてどうだろう。合鍵を持っていて、何らかの必然性があって部屋に侵入したというのなら、分からないでもない」

「なるほど、そうか！　それなら無理がないかも」

と西牟田さんが同意してくれるまでは良かったけれど……。

「小金井先輩、ちょっとそれは無理があるんじゃないですか？」

岸本くんだった。そして滑らかに続ける。

「だってアパートの管理人が、住人に断りなく部屋に入るなんてよっぽどですよ。そりゃあ、僕の住んでいるアパートにも入って来たことはあります。でも、それは確か火災報知機を取り換えなきゃならないとかいう理由でしたし、事前に全ての住人に手紙が配られて告知されたものでした。もちろん、指定された時間に呼び鈴が鳴りました」

二木くんも追従してきた。

「そのセンでいくと、よほど呼びかけても住人が出てこないとか、そもそも家にいる気配がなく連絡もとれないとかね。にっちもさっちもいかない状況になって初めて合鍵を使って無断侵入というケースが出てきそうなものだね」

「それは、確かに」

終《しま》いには、僕の側についていたはずの西牟田さんまでが首を傾げてしまった。

「その通りかもしれない。けれど、ピッキングは否定され、合鍵という可能性は出てきたわけだ。話は確実に進展している」

そうやって謎めかしてみる。岸本くんが身をずいと乗り出した。

「じゃ、じゃあ小金井先輩が考える真相はなんだというのですか？」

皆が僕を見ている。けれど、僕は両手を広げて突如として降参のポーズを作った。

「それが思いついていない」

「はあ？」

三人が異口同音に言ってずっこけた。

「なんだよ、小金井くん。結局、君も分かっていないんじゃないか」

二木くんからの突っ込みに苦笑する。しょせん、小僧は小僧のまま。名探偵には遠く及ばない。議論は煮詰まっていたのである。

利発なること西郷隆盛のごとき紳士淑女諸君は、気付いただろうか。そう、議論は行き詰まったのではない。煮詰まったのである。これだけの材料がそろったのだ。皆が納得するような真相に、彼なら、かごんまの宅飲み探偵なら、勘付いているはずだ。僕の狂言回しの役目はここでやめだ。

僕は夏輝に一瞥をくれた。やっぱり、最後はこいつに頼ることになる。

「お待たせしたね、夏輝。さあ、そろそろお前の意見も聞いてみたいところなんだけどさ」

夏輝は美味そうに焼酎を飲み干した。舞台は整った。夏輝はゆっくりとグラスを置くと、皆に居直って言葉を紡いだ。

「おおかた管理人の仕業だろう。そういえば最近、忙しくて郵便受けの手紙もろくにチェックできていなかったからな」

◇

「今日は解散！」

という夏輝の号令のもと、粛々と片付けは進められていく。皿を運びながら釈然としなかったのは僕だけだったようで、他の三人の共通了解として得られたのは「夏輝にだって解けない謎はある」ということらしい。

しかし、それではおかしいのだ。夏輝が謎を前にして、そもそも謎解きにすら取り組まないなんて、そんなことありえないのである。

けれど、厳然たる事実として、夏輝は匙《さじ》を投げた。ハナから考える気もないみたいに。

「探偵の敗北」、それがこんなにもあっけなく訪れてしまって良いのだろうか。

疑問がうずたかく胸中に積み上がり、息が詰まる。材料は十分、そろっていたはずだった。けれど、夏輝は解けなかった。いや、解こうともしなかった。これまでの謎と比較しても、そう遜色はない不可思議さを伴う謎だったにも拘らずだ。

なにかがおかしい。頑固なカレーの汚れが綺麗さっぱり取り除かれてからも、僕のしこりはとれそうにもない。

三々五々、皆が帰路についていく。このまま帰ってしまったら、僕は何かとても大切なものを見逃して、そして永久にそれを拝む機会を得られないのではないか。前髪しかない幸運の女神がついそこまで近づいている。そんな予感さえしていた。

「ちょっとトイレ借りるよ、夏輝」

部屋には僕と夏輝だけが残り、僕はいてもたってもいられずにそう告げた。とにかく、少しでも時間が欲しかったのだ。

チャンスの女神は神出鬼没だ。だからこそ、たえず気を抜かず千載一遇の機会を摑めるよう身構えていなければならない。

そして、その女神は確かにいた。あろうことか、夏輝宅のトイレにいたのだ。それを見つけたときの僕の衝撃たるや、尋常なものではなかった。バラバラにばらけていたピースが瞬時に形をなして、一枚の絵を形作っていく。生まれて初めての感覚だった。

そんな、まさか。我ながら、突飛な発想だとは思う。反論されても言い返す自信はなかった。なのに、そのときの僕はそれを真実と疑わなかったのだ。夏輝宅の小さなトイレで見つけた些細な違和感の正体。これまでなかったのに、急に現れたもの。それは花瓶にさされたワスレナグサの花だった。以前、夏輝に見せてもらった花言葉辞典の一ページを思い出す。花言葉は「私を忘れないで」、そして「真実の愛」。どうやら、門前の小僧をもう少しだけ続けなければならないらしい。僕は大いなる勇気を振り絞ってトイレの扉を開け、見送ろうとする大男にこう告げた。

「夏輝、どうして嘘をついたんだい？」

彼は鼻をならし「なにを馬鹿なことを」と呟いたあとで、

「晴太、やっぱりお前疲れてんだよ。さっさと帰って寝ろ」

と言った。ところがどっこい、むしろ絶好調である。生活リズムを崩して夜型になりつつある僕にとって、夜の帳《とばり》が下りたこの時間帯は、頭が冴えて仕方がないってもんだ。

僕は一気に核心をつくことにした。もとよりこの男に、妙な小細工は通用しない。

「夏輝、君はあの謎を解かなかったんじゃない。解けなかったのでもない。解いていたけれど、言いださなかったんだ」

むろん、これは僕の「夏輝が謎を前にして解こうとしないはずはない」という確信を端緒とした推論の飛躍である。いきなり飛躍なんて、自分でも危なっかしいと思うが、しょせんは門前の小僧。ご勘弁願いたい。

「随分な物言いだな。いいだろう、聞くだけ聞いてやるよ」

まだ夏輝には余裕が見える。それもそうだろう、なにせ相手は僕なのだから。

「今回の一件の真相には、西牟田さんが深く関わっている。少なくとも、二木くんが見聞した一件についてはね。二木くんが視たという人影。それは先日、西牟田さんが天文館で出会った、一見さんにも拘らずボトルキープをしていたあの紳士と同一人物なんだ」

唇を舐める。大丈夫だ、落ち着いてひとつひとつ事を運べば良い。

「けれど、これでは引っかかる点がある。トイレに鍵が掛かっていたときに二木くんが騒いで飛び出しただろう？　あの時、次に飛び出したのが西牟田さんだった。恐怖を感じて反射的に飛び出した僕よりもさらに早くだ。これは彼女もあの瞬間はパニックに陥っていたと見ていいだろう。これから分かること。それは、一回目の男性の来訪は西牟田さんも知っていることだった。だけれども、二回目の男性の来訪は、彼女の与り知らぬところで起きたのだということ。では、その問題の老紳士の正体は誰か」

夏輝は鋭い視線を投げている。まずいか、しかし、ここでひるんでいては意味がない。僕は児童養護施設の施設長の言葉を思い出していた。外の世界で苦しんでいる人がいれば存分に手を差し伸べるべきなんだ。意を決して、僕は口を切った。

「お前が真相を言いたがらなかった理由。それは、その老紳士がお前のお父さんだからだ」

夏輝の整った眉がぴくりと動いた。

「話が見えてこないな」

かろうじて絞り出しているような雰囲気がわずかに認められた、気がした。

「まあ、聞いてくれ。まずは事実の整理だ。西牟田さんは、天文館での一期一会以降も夏輝のお父さんと会っていた。これは想像だけれど、二回目は偶然の再会だったのだろう。それで、色々と話をしているうちに二人には共通点があることが判明した。夏輝を知っているというね。君のお父さんは夏輝に会いたがっていた。夏輝、お前は西牟田さんが持ち込んだ謎について一つだけ見当違いをしていたんだ。アネモネは赤ではなく紫だった。そして、お父さんが渡したかった相手も水商売の女性じゃない。お前だったんだ。けれど、お父さんには踏ん切りがついていなかった……」

彼が持っていたアネモネの花言葉は「あなたを信じて待つ」だ。まさにここに、彼の迷いが表れている。息子になかなか歩み寄れない父親の迷いが。

「ふざけんな!!」

夏輝の怒号が飛んできた。今まで見せたことのない鬼の形相が、僕に向けられている。

「なにも知らねえくせに、ずけずけと入って来てんじゃねえ」

「知ってるよ。ある程度はね。君と清田家との間に確執があることもね」

僕はさらりと言ってみせた。夏輝は虚を突かれたのか押し黙ってしまった。

「お父さんの背中を押したのは西牟田さんだ。一対一では難しいから、西牟田さんが取り持って、夏輝とお父さんを自宅で会わせるよう画策したんだろう。待ち合わせ場所を指定しても、夏輝が逃げてしまう可能性もある。だから、二人が会う場所は夏輝の家じゃなければならなかった。そして、計画を実行に移したのが今日の三時ごろのこと。だが、夏輝は外出した後だった」

鼻を鳴らす。頭の中に種々の思考が入り乱れる。夏輝はいつもこんな作業を涼しい顔でやってのけていたのか。僕の脳内は今にもパンクしてしまいそうである。

「夏輝がいつ帰ってくるかは誰にもわからない。当然、日を改めて……という流れになったんだろう。これは想像だけど、親元を離れ、もう随分と会ってもいない息子の暮らしぶりを見ておきたいというのは湧いてしかるべき感覚だと思う。そんなところで、お父さんは持参した家の合鍵を使い部屋へと入った。西牟田さんも、まさか二木くんがベッドに潜んでいるなんて知るよしもないから、これについて咎めることはしなかった。

二木くんがベッドの下で震えていたまさにあの時、西牟田さんもそこにいたんだ。おそらく中にまでは入っていないだろうけどね。二木くんの怪異譚が始まったとき、もっとも拒絶反応を示したのは彼女だった。そりゃそうだろう。お前のお父さんと西牟田さんが共謀していたことが夏輝に知れたら、きっと怒るだろうから」

　なぜ、僕は合鍵という可能性に及んで、まず真っ先に家族という選択をできなかったのだろう。夏輝の家族であれば、合鍵を持っていることも、部屋に躊躇なく入ることも当然にしてできるはずだ。

「さて、問題はここから。お父さんの二度目の来訪。これは、西牟田さんが知らなかったことから考えて、最初の来訪の時に何か忘れ物をしてしまっていたと見るのが自然だろう。不在時にちょっと立ち寄って、忘れ物を取って帰るだけなら問題ないと踏んだんだろうね。それで、ついでにちょっとトイレを借りようとしたところに、タイミング悪く僕らが帰ってきてしまった」

　音信不通の息子との再会が、トイレから出てきてというのではあまりにも締まらない。それに、すぐさま夏輝が革靴に反応し、部屋中が大騒ぎになってしまった。だから……。

「お父さんは出るに出られない状況にあったんだ。しかし、運の良いことに四人が揃って部屋を飛び出してしまった。逃げるチャンス。ただ、このまま何もなしで去ってしまっては、下手をすれば警察を呼ばれかねない。おおごとにしたくないお父さんは自身の来訪を告げるメッセージを、息子だけに伝わる形で残した」

僕は一呼吸おく。

「西牟田さんが語った酒場でのやり取りを思い出したよ。ワスレナグサ。思い出深い花なんだろ?」

それまで耳を傾ける一方だった夏輝が、ここぞとばかり反論する。

「おい、晴太。お前こそ見当違いを起こしてねえか。亜子の証言を思い出してみろ。くだんの老紳士と出会ったときの会話を再現したときのことだ。その紳士はこう言ったはずだよな。『私にも君ぐらいの子どもがいてね。女が四人と男が一人いるんだ』だったか。俺の家は姉が三人と男が俺一人。家族構成が違うじゃねえか」

そう、そこなのだ。僕がずっと引っかかっていたところは。けれど、僕の中でこの疑問に対する答えも出てしまっていた。

「知ってるよ。長女が舞冬さんで、次女が秋音さんだろ? 小春さんに夏輝。日本の四季をそれぞれに付与した、古風な良い名前じゃないか。でもね、夏輝。上から順に冬、秋ときて、次に春を付けるってことが果たしてあるのかな?」

自分でも馬鹿げてると思える発想だった。でも、こう考えるとすんなりとつながっていくのだ。ある事柄に。

「夏輝という名前は中性的な名前だよね。現に、今日向かった児童養護施設。そこで、子どもの一人が名前だけを聞いて美人なお姉さんを想起したというようなことを言っていた」

「なにが言いたいんだ、てめえ」

僕は居住まいを正した。ここからはより、彼の内面へと侵入することになる。僕の額に緊張から冷や汗がにじんできた。

「老紳士が夏輝のお父さんならば、女が四人、男が一人という発言には矛盾が生じる。けれど、清田家に宿った子宝が舞冬、秋音、夏輝、小春の順だとすればどうだろう。そして三番目の夏輝という名前は、五番目の子どもに継承された」

がくりと大男が膝から崩れた。まずい。僕は彼に駆けより肩を貸す。ずしりとした筋肉の重みが、そのままの質量でのしかかってきた。やりすぎたんだ、僕は、なんと残酷なことを。

「ごめん、夏輝。ごめんよ、君を傷つけるつもりは……」

夏輝はわなわなと全身を細かく震わせていた。しかし、その顔には柔和な笑みがあった。

「驚いたぜ、晴太。大した名探偵ぶりだ。分かったよ、全部話す。どうせ、お前は気付いているみたいだしな」

◇

「俺はな、晴太。もともとは清田家の人間ではないんだ」

夏輝の告白は、この言葉から始まった。

「児童養護施設に預けられていたんだね？」

僕の問いかけに彼はこくりと頷いた。先刻までの激情は鎮静化して、コタツ机の前で丸くなる彼はとても小さく見えた。

「お前の推察通り、俺は清田家に養子として引き取られたんだ。当時、清田家には三人の娘がいた。商家の跡継ぎがいないという問題があったんだが、おふくろは小春を最後に子どもを産むことを断固拒否してな。それはあるトラウマを引きずっていたからなんだ。三人目の子どもを流産したんだな、つまりは。生まれてくる予定だったのは夏輝。女っぽい名前なのも当たり前だよ、もともとは三女に与えられるはずの名前だったんだから」

痛々しい夏輝の話を僕は真摯に受け止めるくらいしかできない。焼けつくような心境の吐露に胸がきりきりと締め付けられていく。

「かくして、まだ物心もつかない俺は清田家の子どもとなった。ちなみに小春もまだ三歳だったから、この事実を今も知らない。俺も知らないままでいられれば良かったんだがな。親父《おやじ》は俺をいたく可愛《かわい》がった。幼少期の記憶は親父との思い出ばかりだ。どこへ行くにも付いて回り、親父の影響で園芸もかじった。親父は花が好きでな。ワスレナグサを思い出深い花に挙げるのも当然だ。ワスレナグサはおふくろが一番好きな花だったんだ」

徐々に夏輝の過去が紐解かれていく。美しい家族への憧憬。

「親父は、よくおふくろと喧嘩しては仲直りのしるしにワスレナグサの花束を贈っていた。それは俺たち子どもに対しても同じでな。出張でしばらく家を離れる際や、ちょっとしたプレゼント代わりに必ず贈られていたのがワスレナグサだった。家族の思い出の傍らにはいつもそれがあった。言わば、清田家を象徴する花がワスレナグサだったわけだ」

なるほど、「真実の愛」、そして「私を忘れないで」か。夏輝は深く嘆息した。幸福な物語は歩を進めていく。

「そんな親父が俺は大好きだった。会社の事業が軌道に乗って家に帰る暇もないくらいに忙しくなったあとでも、こまめに手紙のやり取りを欠かさないくらいにはな。そのまま何も知らず過ごせればどんなに良かったかしれない。でも、現状を見れば分かる通り、そうはならなかったんだ。高校生の頃だ。俺がこの家の子どもではないということを、ばあさんがぽろっと漏らしちまった。ただの養子じゃねえ。跡取りのための養子だ。それが、どうしても許せなかった。足りない所にはめ込まれた急ごしらえの不格好なピースみたいに思えてな。たまらず親父に手紙を書いたよ。俺の懊悩《おうのう》を解いてくれる存在は、包み込んでくれる存在は、親父しか考えられなかった」

夏輝がお父さんに心酔していたのも無理はない。家族の中で唯一の同性。頼りにしたくなる気持ちは痛いほどに分かる。

「返信はすぐにあった。すがるように便箋を手に取った。そこには短くこう走り書きされていた。『家のことは母さんに任せてある。たまには母さんを頼りなさい』とな。俺は便箋を破り捨て、暴れた。おふくろと衝突したんだ」

心臓を射ぬかれたような衝撃が痛苦となって僕を襲った。それは夏輝とそして、夏輝のお父さんの気持ち、双方を慮った結果のものだった。お父さんにも当然、心苦しい思いはあったはずなのだ。それでも社長として、会社を守ることを最優先に必死に動く必要があった。家族の生活と、自分の下で働く多くの従業員の生活と。その全てを守る責任がある。けれど、その返信に、唯一信頼していた父親から裏切られたと夏輝が感じてしまっても無理はない。この話に悪人なんて存在しない。なのに、なぜこんな結末が用意されるのだろうか。僕はちょっとした擦れ違いが引き起こしてしまったこの不条理に、憤懣《ふんまん》やるかたなく、苦しみながら語る夏輝を見守るしかなかった。

「久方ぶりに親父は帰って来た。しかし、時既に遅し。俺と家族との溝はもはや修復不可能のところにきてしまっていた。親父もどうすることもできず、結局仕事で全国を飛び回る日々に没頭していった。そして、それから俺は、ろくに家族と口も利かないまま、できるだけ遠く、遠く。この鹿児島へとやって来たんだ」

夏輝の中にあるわだかまりは未だに掻き消えていない。だからこそ、彼はボランティアを続けているのだ。自分と似た境遇の子どもたちの役に立とうとすることで、その痛みを和らげている。

夏輝が僕らを呼ぶとき、ことさら苗字呼びを避ける理由がなんとなく分かった。彼は「家族」という記号を避けたいのだ。「長男坊」とか「跡継ぎ」とか「唯一の男子」だとか、そういった記号としてしか彼は見られてこなかった。「夏輝」という人間として見られたことがなかったのだ。少なくとも、彼はそう感じている。

はっきり言って、平穏無事に平々凡々に、「家族」を当たり前の存在として享受してきた僕には、到底分かりえない感覚だ。そこにきて、自分はその「家族」の誰とも血が繋がっていないと分かればどうなる。夏輝が、桎梏を抱えたまま、なんとか大学生として学び舎へ向かえているのが不思議なくらいだ。彼の闇は深く暗い。

けれど、このままでいいわけがないとも思うのだ。家族は家族。血縁ではなくとも縁で繋がった家族。安易に切り離してしまっていいものでもない。

「夏輝、やっぱりお父さんに会ってみないかい？」

「馬鹿言え。いまさら何を話すことがある。どうせ、跡継ぎのことを言ってくるに違いねえんだ」

「いいじゃないか。そうなったなら、はっきりと断ってやればいいんだ。もし、君にそれができるならの話だけどね」

僕はにっこりと微笑む。夏輝は瞳にいくらか鋭さを戻し、こちらを見てくる。

「だってさ。あれだけ児童文学に精通していて、興味も持っているお前が、経済学部の所属なんだもん。笑っちゃうよ。まだ迷っている証拠だろ？」

大学の四年間は長い。そして、最後のモラトリアムだ。それは、人生を航海していく羅針盤を、悩み葛藤しながら見つける期間でもある。まだ、彼には時間がある。

「少しずつでいいんだ。お父さんとの関係も、清田家との関係も。歩み寄れなんて言うつもりはないよ。許せとも言わない。でも、自分の考えを、思いをぶつけることは何も間違ってないと思うんだよね。それが、養子として迎え入れ、とにもかくにもこんなに大きくなるまで育ててくれた人への最低限のけじめだぜ」

夏輝は頭をばりばりとかきむしりながら、しばらく考え、そして、

「お前がそこまで言うなら会ってやってもいい」

不承不承、了解したのだった。雪解けにはまだ早いけど、ようやく止まっていた時間

が動き出したというところだろうか。

　立ち去り際、僕はくるりと体を反転させた。

「あ、でも小春さんにまで厳しく当たるなよ。あの人はお前と清田家との軋轢《あつれき》は知らないんだ。実の弟のことを相当心配してるからさ」

「うるせえ、余計なお世話だ」

　胸のあたりをドツかれた。それが照れ隠しだということを、僕は彼との濃密な三カ月の付き合いの中で学んでいた。

　僕ができることは全てやったつもりだ。あとは、この場所から祈るだけだ。いつもは驚くほど速く過ぎ去っていく日曜日の夜も、この日ばかりはゆったりと流れていった。


　翌日、夜。一通のメールが僕の携帯電話を鳴らした。夏輝からだった。


「親父と会った。

土下座で謝られた。

ちょっと話した。

将来については保留中。

以上」

あまりにも簡素でぶっきらぼうな文面に思わず吹き出し、そして安堵からかどっと疲労感に襲われた。よくやったぞ、夏輝。友の大いなる一歩を喜びながら、僕は睡魔に屈した。安眠できたのは久方ぶりのことだった。

終幕劇

　夏輝がけじめをつけたのだ。僕もいっぱしのオスとしてやらなければいけないことがあった。

　清田先輩との会合場所は、いつか訪れた大学近辺の喫茶『クロ』だ。僕はあの長い長い日曜日の夜の出来事を丁寧に語って聞かせた。むろん、夏輝が養子だったという事実は省いたうえでだけど。ちょっとずるい気もするけれど、それでも清田先輩は、夏輝が父親と会ったという事実を聞くと僕の手をとり、全身で喜んでみせた。

「ありがとう、小金井三回生。私がどれだけ試みても取り除けなかったしこりをよくぞ。君には感謝してもしきれない」

　頬をつつと流れる玉のような涙の滴が、僕の心臓を打ち抜いた。

「約束がまだだったな、小金井三回生。夏輝の問題を解決してくれた君に私は……」

「待ってください」

　皆まで言わせず、僕は清田先輩の言葉を制した。確かに、僕は清田先輩とねんごろな関係を築きたい一心で夏輝の横暴に食らいついていた。でも、それは本当に最初期の話で、今となっては事情が異なる。

僕が清田先輩と付き合う。これほど幸せなこともないのだろうけれど、やっぱりそれは、夏輝に失礼な気がして。

「僕が粉骨砕身したのは、打算じゃない。友人の夏輝のためです。ここで付き合ってしまうと、それを否定することになってしまう気がするんです。恋愛ってそういうもんじゃない。必ず振り向かせますよ、先輩」

清田先輩は泣きはらした目をこすりながら、

「君らしいな、小金井三回生。そういうことなら分かった。私もこれ以上はなにも言うまい」

なんだか、ものすごくもったいないことをしている気がしないでもないのだけれど、これが僕なりのけじめなのだ。悔やんでも仕方がないだろう。

その代わり。

「はい、先輩」

僕は一通の手紙を差し出した。「今度、夏輝の友人を集めて宅飲みをするんです。その招待状です。良かったらお越しください」

それだけ告げて僕は席を立った。夏輝宅の鉄扉が彼女を拒絶することはもうないだろう。喫茶店を出ると、太陽がとても高い位置にある。夏はすぐそこまで来ているのだ。

◇

宅飲みは大変に盛り上がった。お品書きは夏輝が腕によりをかけて作った鹿児島の郷土料理だ。清田先輩の言葉を借りれば〝生活感〟のある素晴らしい出来栄えに、酒も止まらなかった。

傑作だったのは、二木くんが夏輝と清田先輩を姉弟だと知ったときの表情である。彼にとってはしみったれた酒になったかもしれないとちょっとだけ不憫に思う。

とにかく、夏輝と僕と清田先輩との奇妙な関係はこれにて終了したわけだ。僕の心労も多少は軽減されることだろう。

「おい、晴太。新作メニューがあるんだ。作ってやるから買い出し頼む！」

もっとも、まだまだ僕はこのどうしようもない友人に振り回されるのだろうけれど。

あとがき

僕にとって鹿児島は第二の故郷である。大学入学を機に移り住み、四年の時を過ごした。今、思い返しても、濃い時間だったと思う。僕を鹿児島色に染め上げるのには十分な時間だった。その証拠に、鹿児島時代の友人と会って話せば、ものの二秒で南国の訛りが顔を覗かせるし、酒の席での二杯目以降は、もっぱら芋焼酎だ。たまの用事で鹿児島を訪れたとき、まず思うのは「懐かしい」ではなく「帰ってきたな」なのである。僕という人間を構成するうえで、南国鹿児島が大きなウェイトを占めているのは、紛れもない事実なわけだ。

執筆という営みに身をやつし始めたのも、この地に来てからである。十九歳の冬。大学の講義で「短編小説を一本、書いてきなさい」という課題が出された。これまで課されたどの課題よりも難解で、結局、僕は夜通し作業してようやく短編小説らしきものをこしらえた。書き上げた頃には、僕は創作の虜になっていた。小説投稿サイト「エブリスタ」に投稿を始めたのもこの頃だ。ネット上の誰かに原稿を読まれているという意識は、執筆を続けるうえでの大きなモチベーションとなった。以来、僕は九年に渡って、物語を紡ぎ続けている。鹿児島に進学し、ユニークな課題を出す先生の講義を受講する。この二つの偶然がなければ、僕が情熱を捧《ささ》げた九年という年月は、どこに消えていたのだろうと想像してときどき身震いする。

そんな思い出深い鹿児島を舞台にした本作が、数ある新人賞の中で、あの〝ナツイチ〟の名を冠したナツイチ小説大賞を受賞した。喜びを噛みしめながら、今こうして、あとがきを書いている。酸いも甘いも、歓喜も懊悩も。あらゆる経験をした僕の鹿児島時代。本作を執筆するにあたり、あの頃の数々の出来事が原動力となったのは言うまでもない。

本作を出版するにあたり、多くの方のご助力を賜りました。

担当編集の東本様。何をするにも手探り状態の僕を、時には力強い励ましで、時には的確なアドバイスで導いてくださりありがとうございました。作品をより良い形で読者の皆様に届けようという思いを共有できたこと、たいへん嬉しく思います。

カバーイラストを担当してくださった西炯子《にしけいこ》様。無名の新人が出す本のカバーイラストを描いてくださるとお聞きした際には大変驚きました。お力添えに恥じぬよう、これからも精進致します。

そして、受賞の知らせを、まるで自分のことのように喜んでくれた昔からの友人たち。心の底からありがとう。

また、末筆ではございますが、ここに挙げた方以外にも、本作に携わってくださった全ての方に感謝いたします。

読者の皆様の退屈を少しでも切り崩す存在に本書がなれれば、これ以上の幸せはありません。

二〇二〇年五月

冨森　駿

夏輝の料理教室

Natsuki's Cooking

フライパンでできる!

本格パエリア

魚介パエリア

SEAFOOD PAELLA

［ 材 料 ］（3〜5人分）

アサリ（砂抜き済）……300g
イカ……1杯
エビ（有頭）……好きなだけ
トマト……1個
ブラックオリーブの実 ……好きなだけ
ピーマン ……2個
ニンニク ……2片
レモン ……1/2 個
米……2合
サフラン ……2つまみ
ぬるま湯 ……大さじ1
ピュアオリーブオイル ……大さじ1
白ワイン ……大さじ1
塩……小さじ1/2
ローリエ ……1枚
パセリ（またはイタリアンパセリ）……適量

［ ダシの材料 ］

鶏ガラ ……500g
セロリ……半分
ニンジン ……半分
タマネギ ……半玉
ニンニク……2片
ショウガ ……スライス2枚
エビの殻と頭
水……1200cc（鶏ガラ用）
500cc（エビ用）